青年的价值取向决定了未来整个社会的价值取向，而青年又处在价值观形成和确立的时期，抓好这一时期的价值观养成十分重要。这就像穿衣服扣扣子一样，如果第一粒扣子扣错了，剩余的扣子都会扣错。人生的扣子从一开始就要扣好。

——习近平

这是一本
塑造孩子优良品质的现代纸书

家长入群交流，获取更多资源，
帮助孩子系好人生第一粒扣子

本书配备六大资源

家 长 交 流 群 —— 家长进群交流助学心得、分享优质资源。

安 全 教 育 课 堂 —— 情景动漫演示，教孩子学习自我保护技能。

心 理 学 小 知 识 音 频 —— 心理学知识随时听，孩子认知能力不断提升。

学 习 方 法 音 频 —— 高效学习方法总结，科学方法养出好习惯。

社 交 技 巧 音 频 —— 内容贴近生活，方法切实可行，帮助孩子处理好人际关系。

家 长 课 堂 音 频 —— 助学路上遇到问题不要慌，随时进入家长课堂学技巧。

简单三步，孩子快人一步

家长扫码进群
获取本书全套资源

[家长交流 · 安全知识课堂
· 家长辅导课 · 心理学小知识
· 社交技巧 · 学习方法]

第 一 步 扫码关注公众号

第 二 步 点击进入界面，
自主选择服务获取内容

第 三 步 帮助孩子系好人生第一粒扣子，
迈好人生第一步

系好人生第一粒扣子

山西省少工委
山西省少先队事业发展中心　　编著

本书编委会（排名不分先后）

主　　编　丁国栋

副主编　张振东　刘　帆　李　强　李慧娟

编写人员　李　玉　杨代琴　吕新燕　于晓丽　赵永威
　　　　　李婧婷　宋卫华　徐　琼　李　慧　李　磊
　　　　　赵文剑　许国芳　许　泽　董灵芝　李雯捷
　　　　　苏　静　赵　婧　黄　霞　李　红　吴佳丽
　　　　　陈　阳　郭　燕

山西出版传媒集团　山西教育出版社

图书在版编目（CIP）数据

系好人生第一粒扣子/山西省少工委，山西省少先队事业发展中心主编；陈阳等编著. — 太原：山西教育出版社，2019.5

ISBN　978 - 7 - 5440 - 9141 - 1

Ⅰ.①系…　Ⅱ.①山…　②山…　③陈…　Ⅲ.①社会主义核心价值观 — 中国 — 青少年读物　Ⅳ.①D616 - 49

中国版本图书馆CIP数据核字（2019）第050585号

系好人生第一粒扣子

JIHAO RENSHENG DI YI LI KOUZI

策　　划	潘　峰	
责任编辑	韩德平	
复　　审	姚吉祥	
终　　审	彭琼梅	
装帧设计	薛　菲	孟庆媛
印装监制	赵　群	

出版发行　山西出版传媒集团·山西教育出版社

（太原市水西门街馒头巷7号　电话：0351-4729801　邮编：030002）

印　　装　山西三联印刷厂

开　　本　890 mm×1240 mm　1/32

印　　张　6.5

字　　数　152千字

版　　次　2019年5月第1版　2019年5月山西第1次印刷

印　　数　1 — 20 000 册

书　　号　ISBN　978 - 7 - 5440 - 9141 - 1

定　　价　18.00元

如发现印、装质量问题，影响阅读，请与出版社联系调换。电话：0351-4729718。

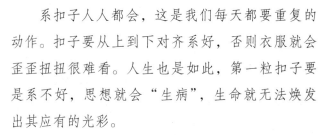

前　言

　　系扣子人人都会，这是我们每天都要重复的动作。扣子要从上到下对齐系好，否则衣服就会歪歪扭扭很难看。人生也是如此，第一粒扣子要是系不好，思想就会"生病"，生命就无法焕发出其应有的光彩。

　　少年是祖国的未来、民族的希望，是开创伟大未来的生力军，是中国特色社会主义事业的建设者和接班人。少年时期是人生美好的开端，良好的习惯在这个时期养成，高尚的情操在这个时期萌芽，远大的理想在这个时期孕育。在这一时期引导广大少年自觉培育和践行社会主义核心价值观，树立正确的人生目标，养成良好的人生态度，既是个人的需要，也是国家的需要。

　　本书以青少年自身成长特点为依据，从心理、学习、社交、安全、志向五个方面，甄选二十个典型话题，通过真人真事创设情境，以同龄人的视角与青少年进行思想碰撞，引导他们敞开心扉、端正态度，深入了解社会主义核心价值观的现实意义和内涵，并将其落细、落小、落实；引导他们传承中华美德，弘扬民族精神，将红色基因融入血脉、浸入心扉，使其在新时代下绽放出新的光芒。

今年的 10 月 1 日是祖国母亲 70 周岁的生日，伴随着祖国前进的步伐，中国少年先锋队也将迎来第 70 个建队日。中国少年先锋队，从劳动童子团到共产主义儿童团，从抗日儿童团到地下少先队，在中国共产党的领导下，在中国共产主义青年团的带领下，在星星火炬的照耀下，时刻准备着为共产主义事业奋斗终生。

不忘初心，继续前行。广大少年要牢记习近平总书记的殷切希望，系好人生第一粒扣子，勤学、修德、明辨、笃实，在实现中华民族伟大复兴的征程中写下灿烂的青春篇章。

愿本书和你们一起，迎接这个神圣而特别的日子，伴你们度过美好而宝贵的青春年华。

——写在中国少年先锋队建队 70 周年之际

目 录

心理篇　——做一个朝气蓬勃的少年

放下烦恼，拥抱快乐　/2

与压力共舞　/11

勇于直面风雨的洗礼　/22

乐观是希望的明灯　/33

学习篇　——做一个奋发向上的少年

态度决定未来　/46

向身边的榜样看齐　/59

习惯的力量　/68

为了小目标，加油　/79

社交篇　——做一个活泼开朗的少年

心胸开阔，海阔天空　/92

用诚信对待身边的人　/103

用爱心感染别人　/111

绽放最美的自己　/121

1

安全篇 ——做一个遵纪守法的少年

安全，从点滴开始 　　　/130

对校园欺凌说"不" 　　　/139

不做网络的"奴隶" 　　　/148

勿以恶小而为之 　　/157

志向篇 ——做一个拥有梦想的少年

飞扬的红领巾 　　/168

在国歌声中成长 　　/178

中国梦·少年梦 　　/186

志存高远，扬帆远航 　　　/194

心理篇

——做一个朝气蓬勃的少年

"看似寻常最奇崛，成如容易却艰辛。"青年的人生之路很长，前进途中，有平川也有高山，有缓流也有险滩，有丽日也有风雨，有喜悦也有哀伤。心中有阳光，脚下有力量，为了理想能坚持、不懈怠，才能创造无愧于时代的人生。

——总书记寄语

放下烦恼，拥抱快乐

　　少年时期是人生的一个美好阶段，是一个人日趋成熟与完善的阶段。我们大家就生活在这样一个特殊的阶段，童年的稚气正逐渐退却，而大人们所说的成熟离我们还太遥远。于是，我们在一天天长大的同时，我们的烦恼也随之而来。这些烦恼来自生活、来自学习、来自与同学的交往……

　　▲　烦恼伴着成长的脚步悄悄而来

【身边故事】

小安也有烦恼

在很多人眼里，小安是个热情大方的孩子，爱笑，还爱帮助别人。无论从哪个方面来看，小安都是个阳光积极的孩子。有一天，小安向她的好朋友倾吐了她的心声。

原来，在别人眼里阳光积极的小安，却有不少的烦恼。这些烦恼，很大一部分来自和妈妈的沟通。小时候，小安觉得妈妈是爱自己的，因为妈妈常常会陪她玩，给她买玩具、买礼物，即使她犯了错误，妈妈也会微笑着鼓励她。

可是随着年龄的增长，在小安进入小学之后，这一切好像都发生了变化。妈妈开始关注她的学习成绩，无论是作业做得慢一点，或是考试考得差一点，她都会被妈妈批评——轻则，就是唠叨几句，骂几句；严重的时候，好几天都没有好脸色。小安有时候甚至觉得妈妈都不爱她了，好像生活中除了学习，妈妈再也看不到她别的地方。小安常常会想：妈妈到底是在乎我呢，还是在乎我的学习成绩？我是妈妈的女儿啊，难道因为考得不好，妈妈就不爱我了吗？小安试着和妈妈交流，但是她们之间就好像隔着一座大山，没法沟通。小安认为妈妈应该多听听她的心里话，妈妈则认为小安是在为自己找理由。每次沟通的结果都是两败俱伤，小安为此很苦恼。

而且，小安觉得妈妈越来越不在乎她的感受了，给小安报了很多她自己觉得有用的特长班。比如跳舞，妈妈觉得女孩子会跳舞很有气质，所以每周在忙完了课程之后，都会带小安去学习舞蹈。小安不喜欢跳舞，更喜欢静静地坐着写毛笔字、画画之类的。每次她和妈妈说，妈妈都觉得小安是怕苦怕累不肯学。小安是真的不知道该怎么和妈妈沟通了，她希望能让妈妈快乐，但是让妈妈快乐起来好像特别难，小安做什么妈妈都不快乐；但是妈妈的快乐又好像特别简单，只要小安学习好，小安听话，妈妈就会快乐。所以，有没有让小安和妈妈都快乐的办法呢？

小波的心愿

小波是一名五年级的学生，他非常希望和别的同学成为好朋友。在小学二三年级的时候，他也是能和同学们玩到一起的，可是随着年龄的增长，他的朋友不增反减。同学们都不喜欢和他一起玩了，聊天的时候也会避开他，有时还会笑话他，甚至合起伙来欺负他。小波很郁闷，他也尝试着与同学们友好相处，尝试让自己的行为能够被别的同学所接受，但结果还是不尽如人意，他和同学之间的关系还是没有得到明显的改善。

看着放学后成群结队、嘻嘻哈哈的同学们，小波心里很难过，他不知道自己该怎么做才能找回昔日的友情，找回朋友之间的快乐。

❀ 你也有类似的烦恼吗？你有什么好办法可以帮帮小安和小波呢？

家长扫码获取

心理学小知识音频
家长课堂音频

【成长启示】

人们在相处过程中，会建立和发展一定的关系，这些关系我们可以称之为人际关系。人际关系是伴随我们一生的，只要我们与人打交道就必定会面临这样的关系。

好的人际关系对我们的生活具有促进作用，能使我们生活愉悦、学习顺利，让我们在做事情的时候能够得心应手。而不好的人际关系却会给我们带来困惑和苦恼，甚至影响我们的身心健康。保持良好的人际关系，对我们的生活有着重大的积极影响和意义。

对于我们小学生而言，人际关系包括亲子关系、师生关系、同伴关系、异性关系等。如何恰当地处理好这些关系，如何让这些关系在我们的生活中起到积极的、正面的作用，是我们需要思考和解决的问题。

故事中的小安在亲子关系方面存在一定的困惑和苦恼。她的苦恼主要是由于和妈妈的沟通不畅，以及学习、生活中的一些琐事而产生的误会。在小安的认知中，妈妈应该是爱自己的，无论在哪种情况下都应该接纳和包容自己。而妈妈可能是想让小安学得更好、能力更强，才会在小安的表现令自己不满意的情况下发火。妈妈不爱小安吗？答案是否定的，每一个父母都是爱自己的孩子的。那么为什么会产生这样的误会呢？一定是沟通不畅导致的。在人际关系中，沟通是非常重要的，有效的沟通能够避免误会，从而避免产生矛盾。因此，小安可以尝试着在妈妈心情好的时候将自己的内心想法说给妈妈听，比如自己的兴趣爱好、最近的学习状态、生活中的琐事等。妈妈一定也是愿意听的。

在亲子关系方面，首先，我们可以试着去理解父母的想法。妈妈为什么会生气？妈妈希望我怎么做？当然，并不是要我们完全按照父母的意愿来做事情，而是尝试着去理解父母的想法。当我们理解了父母的期望时，我们的情绪就会得到缓和，会明白无论何时，爸爸妈妈都是爱我们的。其次，多和父母沟通。无论是交流愉快的事情，还是倾诉烦恼的事情，让父母感觉到被需要和被尊重，父母也一定愿意和我们进行沟通交流。最后，父母也应让我们感受到温馨和爱，因为一个人的成长就是不断试错的过程，多给我们些温暖和自由，让我们在允许的范围内有足够的尝试犯错的机会，知错而改，善莫大焉。

故事中的小波遇到的困惑和苦恼主要来自与同学相处。在我们的成长过程中，同伴关系非常重要，在小学低年级，同伴之间的相处非常简单，只要我们是同桌，甚至是一个班级的，我们都可以成为朋友，一起分享文具、图书等。但是到了小学高年级，班里渐渐会形成一个个小团体，有共同兴趣爱好的同学会增加交流的机会，而有一些同学却被排斥在外。小波不被同学接纳，是他自己最真实的感受，这样的感受带给他的是苦恼和伤心，也可能因此而影响到他的学习。我们可以尝试着改善我们的人际关系。首先，要明白每个人都有优点和缺点，我们不会被所有人喜欢，同样，我们也不会被所有人讨厌。其次，寻找和自己有共同点的同学做朋友，比如有共同的兴趣爱好等，然后尝试着敞开心扉，让对方多了解自己，这样别人才愿意和我们做朋友。再次，对于那些无法成为我们的朋友的人，要保持尊重和礼貌，这样我们的人际关系就会变得融洽。

随着年龄的增长，我们还可能会面临与异性交往的问题。在懵懵懂懂的好奇中，我们会觉得异性很神秘，与他们交往很新鲜。与异性交往是我们在成长过程中必然会面临的一种人际关系。与异性交往有五方面的作用和功能：

No. 1 锻炼与别人交往的能力。

No. 2 有助于培养健康的人格。

No. 3 学会互相尊重，平等相待。

No. 4 可以互相倾诉，排解烦恼。

No. 5 得到异性的鼓励，学习更有劲。

但是，如何更好地与异性相处也有需要我们注意的地方。首先，要懂得欣赏自己和对方。异性之间有一些品质是值得我们欣赏和学习的。其次，要保持恰当的距离，掌握交往的"度"。此外，要不断提升自己，让自己变得更好。

人际关系是一门因人而异的学问，需要我们在生活中不断地尝试。但是关键一点是要正确认识自己、欣赏自己，多体谅别人，换位思考。

【精神传承】

孟子有云："爱人者，人恒爱之；敬人者，人恒敬之。"意思是说关心爱护别人的人，也会得到他人的关爱；尊重别人的人，也会得到他人的敬重。一个人在与别人交往的过程中，如果能很好地理解别人、尊重别人，那么他也会得到别人的理解和尊重。

尊重他人是中华民族的传统美德。"己所不欲，勿施于人""仁者必敬人""人非圣贤，孰能无过""欲知世是理，将人比自己"，这些名言警句无不体现着这一美德，何况"尊老爱幼"的思想从小就被灌输进我们的脑海中。不过在今天，对于我们这些生活在新时代的少年来说，"尊重他人"早已超出了"尊老爱幼"的范围。除了尊老，我们还应该尊重身边所有的人：无论他们是年长还是年幼，是富贵还是贫穷，是聪慧还是愚钝，等等。

在生活中尊重他人，体现在点点滴滴的行为中，体现在时时刻刻的举止上。尊重其实很简单，有时候它可以是一个鼓励的眼神，有时候它可以是一句简单的问候，有时候它也可以是一抹腼腆的微笑……它常常发生在我们不经意的瞬间。

有这样一个故事：

一位商人看到一个衣衫褴褛的铅笔推销员，顿生一股怜悯之情。他不假思索地将 10 元钱塞到卖铅笔人的手中，然后头也不回地走开了。走了没几步，他忽然觉得这样做不妥，于是连忙返回来，并抱歉地解释说自己忘了取笔，希望不要介意。最后，他郑重地说："你和我一样，都是商人。"

一年之后，在一个大亨云集、热烈隆重的社交场合，一位西装革履、风度翩翩的推销商迎上这位商人，不无感激地自我介绍道："您可能早已忘记我了，而我也不知道您的名字，但我永远不会忘记您，您就是那位重新给了我自尊和自信的人。我一直觉得自己是个推销铅笔的乞丐，直到您亲口对我说，我和您一样都是商人为止。"

没想到商人简简单单的一句话，竟使一个自卑的人找回了自信，看到了自己的价值，转变了自己的观念，最终通过努力获得了成功。不难想象，倘若当初没有那么一句尊重、鼓励的话，纵然给他几千元也无济于事，断不会出现由乞丐到商界大亨的巨变。这就是尊重的力量！

我们生活在集体这个大家庭中，每个人都希望得到别人的尊重和肯定，每个人都希望得到别人的认同和赞赏。那么，我们怎样才能得到别人的尊重呢？

一句话，学会尊重别人。那么，怎样来尊重别人呢？

首先，学会欣赏他人。

欣赏他人的貌美、体健、声清、骨秀、博学、多闻……欣赏老年人之经验丰富，中年人之年富力强，青年人之青春活力，少年人之天真烂漫。

其次，学会常见的文明用语。

"您好""您需要帮助吗""对不起""没关系""再见"等，别看这些简短的文明用语，学会使用它们，你也许就学会了尊重别人，别人也一定会尊重你。

再次，不说脏话、粗话。

脏话、粗话既体现了自己的不文明、暴露了自己的肤浅与无知，也严重地伤害着别人的自尊心。如果我们用脏话、粗话伤害了别人，别人也同样会用脏话、粗话回击我们，我们自己的自尊心也会受到伤害。

最后，不影响别人。

别人在学习、工作和休息时，我们尽量做到不打扰，进屋先敲门或喊报告，当得到别人的允许后再进去，这些都是尊重别人的具体表现。

古人说："我敬人一尺，人敬我一丈。"意思就是说，我们只要学会了尊重别人，别人也一定会加倍地尊重自己。如果我们在与同学、老师的交往中，把尊重对方作为基本原则，以一颗真诚的心去和他们相处，那么你将收获更多的快乐，看到更好的自己！

与压力共舞

　　现代社会是一个充满压力的社会，压力与我们相伴一生，每个人都在压力中生存。如果不能和压力好好相处，它就会成为我们的绊脚石，让我们深陷疲惫和焦虑。相反，如果我们能够看到它背后的动力，那么我们就能更好地把握人生的方向，更多地激发自己的潜能。人生就像一粒种子，只有在泥土的压力下，才能汲取更多的营养，生根发芽，向世界展示自己生命的力量。

【身边故事】

薛雅莉的困惑

　　和往常一样，当心理诊室的李老师整理好一天的工作记录后，天已经黑了。学校正在安静下来，操场上几个晚回家的孩子打篮球的嬉笑打闹声清晰地回荡在校园上空，衬托得校园更加空荡、寂静。每次听到这样的声音，李老师总是感觉无比舒心，像是听到了世界上最美妙的音乐，有一种安定人心的力量。是啊，花季一般的少年就应该这样，无忧无虑，只是可惜，学习的压力总是让他们常常露出与年龄不相称的焦虑。看了看时间，已经快6点了，她也该回家了。"啊！"她刚关了灯推开门，就被门口蹲着的一个黑影吓了一跳。"是谁？"李老师一边拍打着胸口，一边仔细端详着黑影。

　　"李老师，是我。"黑影慢慢站了起来。

　　李老师仔细一看，原来是六年级的薛雅莉。这个孩子因为入学后的一系列不适应曾来找她做过咨询。

　　"李老师，我……"话刚起了个头，薛雅莉就哭了起来。

　　"孩子，别哭，有什么话进来说。"李老师忙伸手揽住她，一手推开办公室的门。

　　薛雅莉断断续续地讲述了她遇到的困惑。她家在农村，爸爸从事农产品收购，妈妈就在家里务农，父母对她寄予了很高的期望。她性格内向，在班上几乎没有什么知心朋友。

前段时间她得了流感，并因此引发了鼻窦炎，在家休息了一个星期。回学校以后，她非常担心自己落下的课跟不上，因而连续几天睡不好觉。这样一来，白天上课她就更没有精神了。今天，因为实在太困了，她甚至在课上睡着了，还被老师点名批评。她觉得很委屈。而且，再过两周就要考试了，每次一想到考不好会让爸爸妈妈很失望，她就无法集中注意力，脑子里一片空白，越想学习，越学不会。这几天在家里，她都不敢和父母交流，甚至在饭桌上，爸爸多看了她一眼，也让她觉得这是爸爸对自己的学习不满意。这些都让她感觉压力很大。

李老师看着蜷在沙发上哭泣的薛雅莉，心里十分感慨。在其他老师眼里，薛雅莉一直是一个很优秀的学生，一个安静的小姑娘，不怎么爱说话，也不和同学多来往，只是一门心思地学习。自己曾经和她父母有过一次交谈，她的父母认为她听话乖巧，学习、生活都不用他们操心，很有上进心，就是有时候做事情太追求完美。因为不知道该怎么关心她，所以平时他们和她说得最多的就是她的学习，家务也从不让她做，只要她学习好就行了。考上好学校几乎成了她唯一的生活目标，也成了她最大的压力源。

"李老师，我不敢回家，我不能面对他们，我太让父母失望了。可是，我也不知道我能去哪里。我该怎么办呀？"薛雅莉的声声痛哭像一把重锤锤在李老师的心上，李老师深知，薛雅莉的情况并不是个例，学习的压力、考试的焦虑重重地压在每一个学生的身上。

"孩子，你已经做得很好了，而且你能来找老师求助，这正是一个积极的表现。不要怕，老师会陪着你，我们一起来面对。"李老师一边安抚着她，一边暗下决心，一定要帮助这个优秀的孩子从困境中走出来。

> ❀ 你是否曾经或正在经历与薛雅莉相似的困境呢？你有什么好办法能够帮助她缓解压力吗？

【成长启示】

故事里薛雅莉同学所哭诉的场景，你是不是也似曾相识呢？因为跟不上课程进度而担心，因为怕辜负父母的期望而愧疚，因为做不到更好的自己而自责，因为即将到来的考试而焦虑——你为此心跳加速，开始烦躁，感觉内心无比压抑，学习效率不见提高反而下降，你身心俱疲，判断力失误，情绪失控，感觉无能为力……

亲爱的孩子，请你不要害怕，这只是一个会伴随我们成长的朋友来敲门了。这个朋友，就是压力。生活中处处都有压力的影子，每个人都要学会在压力中生存，如果你感受到压力的存在，不要惊慌，也不要逃避，请细细地体味，那种焦虑的背后是成长的努力。

有一艘货轮卸货后在浩瀚的大海上返航时，突然遭遇到可怕的风暴。水手们惊慌失措，经验丰富的老船长果断地命令水手们立刻打开货舱，往里面灌水。有的水手并不能理解："船长是不是疯了，往船舱里灌水只会增加船的压力，使船下沉，这不是自寻死路吗？"但是，看着船长严厉的脸色，水手们还是照做了。随着货舱里的水位越升越高，船体一寸一寸地下沉，风暴依然猛烈，但是货轮却平稳了。事后，船长才给大家解开了这个谜："上万吨的巨轮很少有被打翻的，被打翻的常常是船体轻的小船。船在负重的时候是最安全的，空船时则最危险。"

这就是压力效应。压力就像呼吸一样，会一直伴随着我们，有压力才有动力。生活在深海之中的鲨鱼没有鱼鳔，承受着比其他鱼类更大的生存压力。所以，为了不沉入海底，它们必须一刻不停地游动。压力没有淘汰它们，反而让它们成为更强大的海洋生物。

美国科学家曾经做过一个实验，将刚刚断奶的幼鼠分为两组：A 组给予"高级别"待遇，有丰富的食物和水；B 组食物量和水量仅有 A 组的 60%。也就是说，B 组的幼鼠要想活下去，就必须与同伴抢夺食物。

在这个实验中，A 组的幼鼠生活毫无压力，B 组的幼鼠有一定的生活压力。很多人认为，A 组的幼鼠生活条件优越，寿命应当更长一些。可是，实验结果却让人吃惊。A 组的小鼠平均寿命不到 3 年，B 组的小鼠平均寿命超过了 5 年！而且 B 组小鼠的皮毛光滑度、反应敏捷度和免疫系统均高于 A 组！随后，科学家将实验范围扩大到细菌、海洋生物乃至人类，结果竟然惊人地相似！

生活中，你如果仔细观察便会发现，很多挑着重担的人比空手行走的人走得更快，奥妙便在于压力。压力越大，动力越大，每一个取得伟大成就的人，其成功的过程一定是勇于面对压力、积极战胜挫折的过程。海伦·凯勒眼睛失明、又听不见，但她把压力化作动力，利用仅有的触觉、味觉和嗅觉来识别四周的环境，努力充实自己，成为著名的作家。"破釜沉舟，百二秦关终属楚"，面对生死的压力，项羽率领众将士抱定必死的信念扭转了战局。

有人可能会问，我们明白压力对于我们的种种好处，但这并没有改变我们"压力山大"的状态，我们怎样才能愉快地与压力共舞呢？

是的，"一张一弛，文武之道"，心理压力过大，也会使人产生很多负面效应，比如说焦虑、忧郁、恐惧和紧张等，人的能力和潜力不但不能得到充分发挥，而且还会陷入恶性循环的怪圈，从而损耗人的精力和时间，甚至会危害人的身心健康。我们可以通过下面这幅图清楚地看到学习压力和学习效率之间的关系。

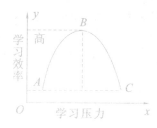

在图中我们可以看到，学习压力和学习效率之间的关系呈"倒 U 形曲线"，也叫"钟形曲线"。当我们承受的学习压力过小时，学习效率也相对较低；当我们承受的学习压力逐渐增大时，学习效率也随之提高；当压力达到一定的程度，学习效率就会提高到最大限度；当压力超过我们能承受的最大程度，学习效率就会下降；当压力达到我们无法承受的时候，效率趋近于零，这时很多同学还会产生焦虑、厌学、注意力不集中、记忆力减退等问题，甚至有的同学还会因此产生一些身体疾病。就像一只桶，装满水之后，再倒水进去就会溢出来。压力也一样，如果太满了，也会溢出来。如果到了那种程度，我们就无法掌控压力了，因为它超出了我们的承受范围。所以，我们要学习预防和处理压力。比如保持身体健康，进行适量的运动，有良好的生活方式，劳逸结合；合理分配时间，避免赶进度让自己压力过大；建立自己的社会支持系统，也就是说与家人、朋友、同学愉快地相处，互相支持；明确目标，不能只制订远大目标，还要分阶段地制订具体的目标；等等。

当然，如果你感觉压力有点大了，也不要担心，这里还有一些小方法，可以帮助你进行调节。

方法一：呼吸法。

能够缓解压力的呼吸方法关键是使用腹部肌肉呼吸。也就是说，在呼吸的时候保持胸腔肋骨不动，通过腹部的肌肉运动来呼吸。通常所说的深呼吸其实是胸腔和腹腔同时扩张，也能起到快速缓解压力的作用。

方法二：肌肉放松法。

让自己静卧在椅子或者床上，然后从头到脚放松每一块肌肉：先放松额头，使额头舒展，然后放松颈部肌肉，让头完全靠椅子或者枕头来支撑，脖子不能用一点儿力……这样连续地放松身体的大部分肌肉，最后就能达到缓解压力的效果。

方法三：冥想法。

调整自己的坐姿，让身体舒适，然后慢慢闭上眼睛，想象一种场景，比如在海滩上晒太阳。你可以想象一种静止的场景，场景中所有的物体都是静止的，你可以改变观察的角度来看这个场景的不同物体；另一种就是活动的场景，你可以在想象的场景里散步，或者做其他的事情。

除此之外，我们还可以试着转移注意力，去听听音乐、做做运动、读读书，还可以找一个值得信任的人去倾诉。每个人在成长中都会掌握一套可以帮助自己放松下来的小方法，我相信你也一定能找到适合自己的方法。

西方有句谚语："伟人善于利用压力，能人善于适应压力，庸人只会逃避压力。"让我们一起与压力共舞吧，舞出别样人生，书写精彩华章。

【精神传承】

每一株小草都有钻出泥土的梦想，每一粒种子都有长成参天大树的梦想，每一只蝴蝶都有破茧冲天的梦想……小草的梦想承载了泥土的压力，种子的梦想承载了风雨的压力，蝴蝶的梦想承载了成长的压力。对梦想的追求为压力赋予了新的内涵，这就是动力。每一个人都想成长为更好的自己，每一个民族都有希望和梦想。实现中华民族的伟大复兴，是我们每一个中国人的梦想，是我们共同的中国梦。

历史告诉我们，中国梦的实现需要我们肩负使命，顶住压力，不屈奋斗。我们要继承和发扬不屈不挠、艰苦卓绝的长征精神，勇于牺牲、乐于奉献的太行精神，还有顾全大局、自强不息的吕梁精神等。

长征途中，红军所经历的艰难困苦、千难万险是世间所罕见的。一条条江河、一座座雪山、一片片草地，还有来自敌人的一次次轰炸、一场场炮击、一回回围追堵截，温饱不能保证，医药又十分短缺……面对前所未有的压力，红军战士用自己的崇高理想、坚强意志和血肉之躯，战胜了自然、战胜了敌人、战胜了各种艰难险阻，最终取得了二万五千里长征的胜利，在内外交困的压力之下，星星之火，终成燎原之势。

▲ 红军长征路线图

地处黄土高原的山西吕梁是全国闻名的革命老区，曾是红军东征主战场、晋绥边区首府和中央后方工作委员会所在地。革命战争年代，党领导吕梁人民进行了艰苦卓绝的斗争，创造了光辉的革命业绩，留下了红军东征指挥部、晋绥边区首府、120师总部、中央后方工作委员会、中共中央西北局、陕甘宁晋绥联防军驻地等176处主要红色革命遗址。抗日战争和解放战争期间，吕梁"养兵十万、牺牲一万"，为中国革命胜利作出了巨大贡献。他们面对强敌，挺身而出，勇挑重担，在极其艰苦的条件下，不折不扣地完成了中央交给的支前任务，用鲜血和生命铸就了"不屈不挠、艰苦奋斗、勇往直前、敢于胜利"的吕梁精神。

在社会主义建设时期，吕梁儿女在极端险恶和贫困落后的环境下，没有怨天尤人，更没有悲天悯人。在巨大的困难和压力面前，吕梁儿女发扬吕梁精神，不屈不挠，鼓足干劲，力争上游，使得社会经济快速发展，由昔日的贫困地区跨入了如今的发展新区。

2017 年 6 月，习近平总书记在视察山西期间特别强调，"革命战争年代，吕梁儿女用鲜血和生命铸就了伟大的吕梁精神。我们要把这种精神用在当今时代，继续为老百姓过上幸福生活、为中华民族伟大复兴而奋斗。"

谆谆教诲重如千钧，殷殷期望言犹在耳，习近平总书记的重要指示从新的高度定位了吕梁精神，赋予吕梁精神以新的内涵。作为新时代朝气蓬勃的好少年，我们应不负嘱托，牢记光荣传统，争做革命精神的传播者和践行者，把时代赋予我们的神圣使命，化作学习、前进的动力，为实现中华民族伟大复兴的中国梦贡献自己的力量。

勇于直面风雨的洗礼

美国作家海明威在获得诺贝尔奖的名著《老人与海》中这样激励人们："一个人并不是生来要给打败的。你尽可以消灭他，可就是打不败他。"

著名诗人普希金也曾写下这样的诗句来鼓舞世人："假如生活欺骗了你，不要忧郁，也不要愤慨！不顺心的时候暂且容忍；相信吧，快乐的日子就会到来！"

台湾著名散文家林清玄先生在他的《桃花心木》中也这样教育我们："只有经得起生活的考验，勇于直面风雨的洗礼，才会锻炼出一颗独立自主的心，才能学会把很少的养料转化为巨大的能量，努力生长。"

【身边故事】

闷闷不乐的小西

小西现在五年级了，随着年龄的增长，他的生活也发生了变化：学习内容变得越来越多，事情也越来越多，好像永远做不完，每天从早忙到晚。放学回到家，小西就开始写作业，总是要写到很晚。小西觉得自己过得很疲惫。

周末比平时还要忙，妈妈给他报了各种培训班。每天小西的脑袋里都是语文课文、数学公式、英语单词，时间久了小西对这些东西很反感。可是小西不敢和妈妈说，怕妈妈不开心。他知道妈妈是想让他有个好成绩，是为他好。可是小西觉得自己好委屈，没有自己的课余时间，也没办法培养自己的兴趣爱好，每天的生活除了学习还是学习。可是最令小西崩溃的事却是在付出了这么多努力之后，成绩却一直没有进步。在期末考试结束之后，小西的内心无法平静了，一直闷闷不乐，不知道自己究竟该怎么办。

❋ 假如你是小西，你会怎么做呢？

【成长启示】

故事中的小西遇到了他人生中的挫折——来自学习的挫折。他被这个挫折压得喘不过气来，心情也受到了很大的影响，学习效果自然不好。其实小西遇到的挫折几乎每位学生都可能会遇到，关键是要怎么来面对。

挫折是指人们在有目的的活动中，遇到无法克服或自以为无法克服的障碍或干扰而产生的一种心理状态。一般表现为失望、痛苦、沮丧、不安等。

在我们的学习、生活当中，常常会遇到挫折，比如考试没考好，作业没做好，受到老师的批评，体育测验不过关，难与同学交往，和同桌闹矛盾，上课想发言又怕说不好让别人笑话，课文总是背不会等等，这些都可能是我们遇到的挫折。

在《学生心理品质调查报告》中有数据显示，我们青少年遇到的挫折主要包括学习成绩不理想、同学关系不和睦、家庭关系的矛盾、入学环境不适应等。其中，93%的学生有过学习成绩不理想，76%的学生有过同学关系不和睦，60%的学生有过家庭关系的矛盾，30%的同学有过对入学环境不适应。

挫折从内容上分，一般有四种类型：学习性挫折、交往性挫折、志趣性挫折和自尊性挫折。之所以会产生挫折，从客观原因分析，包括自然因素、社会因素、教育因素等；从主观原因分析，包括思想水平、自我修养、道德观念、能力、情感、意志、生理等。不同的人在面对同样的挫折时产生的情绪状态和采取的应对方式是不同的。

挫折并不是失败，挫折是一种心理状态。当我们受到挫折时，并不一定就失败了。巴尔扎克曾说过："挫折对于天才是一块垫脚石，对于能干的人是一笔财富，对于弱者则是万丈深渊。"

在面对挫折和困难时，我们可以遵循下面的"五步"法则来从容应对。

第一，承认和接纳挫折。

这是我们在遭遇挫折时要做的第一步。要承认，挫折会使我们觉得很委屈、痛苦、沮丧，产生这样的负面情绪都是很正常的事情。但是，不要被你的负面情绪所控制，试着去宣泄你的负面情绪，然后再面对现实。

第二，放轻松。

一个人无法永远控制事情发展的趋势，但是，可以选择面对困难和挫折的态度。不管你做得有多么的糟糕，都要知道挫折是任何人都无法避免的，这个认识有助于你正确理解和面对挫折。而且，事实上，几乎没有任何一件事情会像第一眼看到的那么糟。

很多人之所以无法做到坚韧不拔，往往是因为自己先把自己的精神给压垮了，想象中的问题，永远比真实存在的问题要严重得多。良好的心态，是解决一切问题最重要的前提，有什么样的思想，就会有什么样的行为，而积极的心态和认识，正是积极的行为的前提。

第三，及时总结经验，找出改进的办法。

知道下一次怎样可以做得更好一点，然后把这个教训牢牢记在心中，并且永远不要在同一个地方摔倒两次。经验教训正是挫折所能给人的最大教益。如果必要的话，你还要把这个教训用一个本子记下来，并时常温习，因为我们很容易"好了伤疤忘了疼"。只要你耐心地总结，不断地找出改进的方法，你就会变得越来越聪明，越来越成熟，越来越有经验，而且越少犯不必要的错误。毛主席曾经说过，他这一辈子就是靠不断地总结经验来吃饭的。

第四，勇敢地去承担后果，同时，还要原谅自己。

没有什么比背着沉重的精神包袱，更能伤害一个人的健康和意志了。一个人如果不能勇敢地面对挫折，也就无法原谅自己，他（她）就永远活在了过去，而无法去面对明天和未来。比起昨天的挫折和失败，更重要的是接下来你的所作所为，因为这才决定明天你会收获什么。

第五，用最快的速度行动起来，全力以赴做下一件事。

行动是摆脱沮丧最好的办法，哪怕是最微不足道的行动。情绪无法被理智说服，但却往往被行动所改变，这是人类最奇妙的现象之一。即便你只是做了一下家务，或出去散散步，或在大自然中运动了一会儿，都会让你的心情有所改观，而这份小小的成就感，可以帮你重新找到自信。

【精神传承】

顽强的意志在一个人成人、成才的过程中发挥着不可估量的作用。青少年是祖国的未来，是国家富强的资本。青少年的成长过程会面临诸多的失败和挫折，这些失败和挫折既可以让其快速成长，也可以将其彻底击垮。所以，学会用笑容迎接失败，勇敢面对挫折尤为重要。

在中国悠久而灿烂的文明中，有无数先人凭借"千磨万击还坚劲，任尔东西南北风"的顽强精神，面对困境、险境从容不迫，永不言弃，最终成就伟业。

炎帝和他所带领的原始氏族先民，在长期的生产和实践中，创造了丰硕的物质财富和精神财富，为中华文明的发轫和中华民族的形成奠定了最初的物质和文化基础。在炎帝神农氏时代形成的炎帝文化是中华民族文化的直接源泉和重要组成部分，富有强大的生命力和广泛的包容性。

尧舜禹文化中蕴含着社会主义核心价值观的"公德孝心"

▲　图为永济尧王台。尧王台是人类史前文明的发祥地之一，相传
　　尧就是在这里举行仪式，将天下禅让给了舜

文化基因，经过儒家文化的弘扬，已经深深融入到中华民族的血液里，成为社会主义核心价值观的文化源头。

司马迁在《报任安书》中写道："盖文王拘而演《周易》；仲尼厄而作《春秋》；屈原放逐，乃赋《离骚》；左丘失明，厥有《国语》；孙子膑脚，《兵法》修列；不韦迁蜀，世传《吕览》；韩非囚秦，《说难》《孤愤》。"而司马迁自己身受腐刑，生前遭尽世人的白眼，死后无颜面对宗祖。他遇到的挫折足可以让普通人郁郁而终，但平静的心境和坚强的意志，使他由一介匍匐于地的殿臣站立成一个为民写史的华夏史官，他的《史记》永表后世。

苏轼，这位宋代著名的文学家、书画家，由于"乌台诗案"被当时"改革派"中的有些人指控"讥刺朝政""包藏祸心"，遭到逮捕和审讯，几乎送了性命。但他仍有勇气对腐败现象进行抨击，由此，他又引起了保守势力的极力反对，于是又遭诬告陷害。1089年，苏轼再次被贬出京，出任杭州知府。1093年，高太后去世，哲宗执政，又把"变法派"召回朝内主政，政局急变。第二年六月，苏轼被贬得更远，任宁远军节度副使，定居在惠州。风烛残年的苏轼过起了流放生活，但他胸怀宽广、豁达超脱，在被贬时不但亲建屋舍、开辟荒地，而且酿造美酒、烹调美食，更写下了许多脍炙人口的佳作。

新时代，呼唤新的英雄；新榜样，铸就新的辉煌。在社会主义核心价值观和山西精神的引领下，三晋大地涌现出了一批又一批承前启后的时代新人。他们中既有驰骋在梦想道路上的内燃机车司机，也有用专业和创新践行"工匠精神"的酿醋工人等，他们用自己的奋斗故事打动着身边人，为谱写山西新篇章贡献着自己的力量。

四十二岁的魏江，从事内燃机车司机工作二十四年，能按标准化动作熟练驾驶太钢 DFH5、GK1B、GK1C、GK1L、GK1E、DF10D、DF12 七种内燃机车型。通过观察实践，魏江总结出高炉底对罐"一听，二观，三操作"的安全操作法，并推广使用。魏江在判断处理机车电气故障和传动故障方面有一定的特长，并且能够运用到实际当中。2016 年 1 月，魏江被太原钢铁（集团）有限公司选拔去参加"鞍钢杯"第八届全国钢铁行业内燃机车司机技术比武，荣获该工种第十一名，被授予"全国钢铁行业技术能手"的称号。

五十岁的武俊威，清徐县孟封镇北程村人，十几岁便进入醋厂当学徒，至今与醋打交道已有三十多年，其间自学酿造理论，获中专学历，并通过国家执业资格考核，取得高级食醋制作工艺证。因自幼学制醋，武俊威积累了丰富的经验，是水塔醋厂有名的制醋大师傅。他在十七岁初中毕业后，就进入清徐第二醋厂（山西水塔醋业股份有限公司的前身）成为一名学徒工，蒸料、翻醅、淋醋……酿醋的各个工序他都干过。继承是发展的基础，创新是发展的动力，针对传统工艺用人多、劳动强度大、占地广的缺点，武俊威提出了酒精发酵、淋滤工艺改进方案，经过不断钻研、反复试验，最终设计出了立体式酒精发酵罐和全封闭一体式淋滤池，这两项设计彻底打破了传统工艺的局限，保证了产品品质，提高了劳动效率，经济效益显著，对推动山西传统行业升级改造起了重要作用。

任保青，山西寿阳人，毕业于中科院植物研究所植物分类学专业。2010 年，三十岁的他博士毕业，恰好太原植物园的建设启动了。虽然国内一线城市和许多著名南方企业都向他抛来了橄榄枝，但是任保青不留恋一线城市的繁华和高薪，毅然回到了家乡。无喙兰是极其稀有的兰花，1935 年，苏联科学家在山西省发现一株。几十年来，全世界范围内均未找到第二株。任保青通过比对资料发现：珍稀植物往往会与珍稀动物相伴。于是，他把寻找路线由人走的"步道"改为动物走的"兽道"。太行山孟信垴自然保护区是国家一级保护动物金钱豹的活动区域，也是文献记载发现无喙兰的地方。他数十次往返于山野间，将山西的几座大山像过筛子一样滤了几遍。2014 年 10 月的一天，任保青清晨出发，背着 GPS 定位仪、帐篷和生活用品，负重几十公斤在密林中寻找了一天，终于在金钱豹的粪便与落叶中寻找到了三棵像小草一般瘦弱的植株。经过国内外众多植物专家鉴定，这正是失踪已久的无喙兰！任保青凭着坚韧和执着，填补了七十九年的科学空白！

▲　孟信垴自然保护区山大沟深，林木茂盛，群峰兀立

陈亮，太原市时代新人，年纪轻轻却已经是太原市有名的音乐学科骨干教师。他在教学中钻研课标、钻研教材、钻研学生，独立摸索出一套新颖别致的教学模式，音乐课堂上吹、拉、弹、唱皆有，学生全情投入，兴致盎然，音乐欣赏、艺术审美能力日渐提升！平时他还积极承担各种讲课活动，课后他更注重总结与反思，陆续发表论文并获得国家级奖励。他还利用课余时间组建了校乐队——彤霞村 12 号，常常牺牲休息时间带着学生辛苦排练。他们的精彩表演，得到了大家的一致好评！

作为新时代社会主义的接班人，我们要向他们学习，敢于面对各种困难和挫折，勇于接受风雨的洗礼。我们既要到历史长河中去汲取丰富的精神养料，也要在现实中因地制宜，利用课堂和活动大力弘扬社会主义核心价值观。让我们做一群朝气蓬勃的少年，顽强不屈，奋发有为，为中华民族的伟大复兴再铸新的辉煌。

乐观是希望的明灯

在山穷水尽处，悲观的人看到的是"山重水复疑无路"，乐观的人看到的却是"柳暗花明又一村"；面对灾病，悲观的人只会感叹"天有无情灾"，乐观的人却坚信"人有回天力"；看到风，悲观的人想到的是惊涛骇浪，乐观的人想到的却是扬帆远航。悲观的人常常还没有被生活打败，就已经自己将自己吓倒；乐观的人却总能战胜自己，挑战生活。

人生是一段旅途，人与人的心态造就了境遇的不同，悲观的人陷入"苦旅"，乐观的人造就"乐旅"。你要做怎样的选择呢？

【身边故事】

不难分辨的双胞胎

贝贝和乐乐是一对孪生兄弟，贝贝是哥哥，乐乐是弟弟。他们长得一模一样，老师和同学们常常分不清楚他们谁是哥哥、谁是弟弟，但是，只要他们一说话，大家又能很快地将他们区分出来。这是为什么呢？

嘘！我先不说答案，读了下面这几个故事，你们就知道了——

故事一：过生日

在他们过十岁生日的时候，妈妈给他们买了一模一样的玩具。乐乐看了看自己手中的玩具，又看了看贝贝手里的玩具，笑着说："妈妈肯定很爱我，她给我买了跟哥哥一样的玩具！"

而贝贝看了看自己手中的玩具，又看了看弟弟手里的玩具却哭了，他说："妈妈肯定不爱我，她给我买了跟弟弟一样的玩具！"

故事二：转学

由于爸爸的工作调动，贝贝和乐乐在六年级时不得不转学到另外一个城市。对于这个消息，贝贝显得很抗拒。他的焦虑不安被爸爸妈妈看在眼里："贝贝，你怎么了？"

"我不想转学，那里我一个人也不认识，没有一个朋友。"贝贝担心地说。

"哥哥，不用担心，你还有我呀！再说了，我们换一个环境，可以比别人交到更多的朋友呢！"没等爸爸妈妈说话，乐乐安慰起了哥哥。

故事三：考试

在新的学校第一次考试成绩下来后，贝贝表情凝重。爸爸妈妈看到他这样，连忙安慰他："没关系，这次没考好，不用怕，下次注意就是了。"

"才不是呢，哥哥这次考了全年级第一呢！"贝贝还没有开口，乐乐就忙不迭地替他回答。

爸爸妈妈一听，有些不解："考得这么好，为什么你还不开心呢？"

"这次我考了第一，下次就不一定了啊，万一下次别人超过我怎么办？那多没面子。"贝贝一脸担忧。

爸爸妈妈听了，竟一时不知道该说什么，转头看向一旁看起来还挺开心的乐乐："乐乐，你一定考得不错吧，看你还挺开心的。"

"其实，我这一次考得没有以前好。"乐乐回答。

"那你怎么还这么开心？"爸爸妈妈问。

"因为我的总分虽然少了，但是我的数学成绩比上次好了，有一道我以前不会做的题，这次做对了。所以，我想下一次我一定能考得更好。"说到这里，乐乐忍不住笑了出来。

看到这里，你是不是也能分辨清楚贝贝和乐乐了呢？你更喜欢谁？为什么？这不，升入初中之后，由于对新环境不适应，贝贝又遇到了新的困惑：学习科目增多，压力变大，老师讲课的方式和以前也有所不同，和新同学的关系也不够融洽……他感觉自己的生活糟糕透了，感觉所有的人都不能理解他。期中考试之后，他的成绩也只是中等水平，这下他彻底崩溃了，把自己关在家里，不想去上学。

> ✹ 如果你是贝贝，你会怎么做呢？怎么才能让自己改变这种悲观的想法，更加乐观积极呢？

【成长启示】

看了上面的故事，大家一定发现了，贝贝的烦恼主要来自于他对事情的考虑过于悲观。即使是在没有遇到挫折的时候，他都有一种"这件事情一定不好"的想法。而乐乐，即使遇到了挫折，能够看到"这件事情一定有好的方面"。

乐观与悲观只有一字之差，却反映了两种截然不同的生活态度。乐观者和悲观者在遇到挫折时，处理的方式也完全不同，因而也就会有两种不同的生命质量。

"人生不如意事十之八九"，悲观者只看到那不如意的"八九"，乐观者却能体会那如意的"一二"，同样的生活，就有了完全不同的感受。悲观者遇到挫折时，总会在心里对自己说："生命就这么无奈，努力也是徒然。"由于悲观者常常运用这种悲观的方式解释事物，无意中丧失斗志，面对困难就不思进取了。而面对困境，乐观者却能够发现其中的宝藏，用乐观的方式看待问题，于是常常开创出另一种景象。

生活，就像一场寻宝之旅，有的宝藏触目可见，有的宝藏却深埋地底，也有的宝藏披着困难的外衣。我们要运用我们的智慧，练就一双"火眼金睛"，手执乐观的明灯，去发现这些宝藏。

那么，怎么才能让自己更加乐观呢？这可是有秘诀的哟！

秘诀一：说积极的话，做积极的事，和积极乐观的人做朋友。

在华沙，一群儿童在嬉戏。一个吉卜赛女巫托起一位小姑娘的手，仔细看了看说："你将会世界闻名！""预言"应验了，这个小姑娘就是后来的居里夫人。而在另一个故事里，一位工人下班后被锁在"冷库"里，第二天被人们发现时已经"冻"死了，而令人惊奇的是，那天根本就没通电，冷库里只是常温！

其实，世上没有什么准确的预言，是女巫给了居里夫人一种成功的信念；那位工人则是自己害死了自己，望着被关闭的铁门，心想："完了，这里零下几十摄氏度，我肯定要被冻死了！"这就是心理暗示，它能引导人走向成功，也能致人死亡。

如果你经常用积极的态度去说话，告诉自己"这件事情一定有转机""我一定能处理好"，那么，美好的心态就会跟随你；相反，如果你常常悲观叹气，对自己说"我不行""我干不好""我会失败的"，那结果就可想而知。你一定也听说过："物以类聚，人以群分。"你身边有什么样的朋友，就决定了你将来成为什么样的人。

去接近积极乐观的人吧，说积极的话，做积极的事，让我们的生活充满追求，一切都会变得有希望。

秘诀二：遇到挫折时，不要相信你头脑中的第一个念头！

当发生不好的事情，所有人都会有第一个下意识的念头，这个念头常常反映出人的底层心态，我们也不例外哟。你有没有过这样的想法呢？

考试考砸了——"我真是太笨了，这么简单的题都不会。"

交不到朋友——"大家都不喜欢我，我是一个不讨人喜欢的人。"

老师批评——"完蛋了，老师不喜欢我，我是一个失败者。"

家长工作忙而忽略自己——"爸爸妈妈不爱我，他们一点也不关心我。"

别的孩子受到表扬——"说他们好，肯定就是嫌我不好呢。"

别人不小心伤害到自己——"他们一定是故意的。"

朋友忘了与自己的约定——"他一定不重视我。"

人的思想真的是很奇妙，它发生得特别快，快到让我们自己都意识不到。我们会由一件事而引发一些不愉快的感受和情绪，比如说生气、伤心、委屈等，进而由这种情绪引导转向自我责备，"我不好""我不值得关心""我不值得重视"等。一旦你的思维陷入这种恶性循环，除非采取措施，否则难以摆脱。这种思维并不是天生就有的，而是后天习得的。乐观也是可以习得的，只要我们掌握了下面这三条"咒语"，我们就可以学会乐观。

"咒语"一：这件事不是一直是这样的，过一段时间就会有所改变，我们看看再说。

"咒语"二：我没有问题，只是这件事情有问题，改了就好了。

"咒语"三：这件事不止我遇到了，每个人都可能会遇到这样的事。

秘诀三：面对困难，不要抱怨，而是行动，哪怕慢慢做！

切记，这是最重要的一点！每个人都不想遇到困难，但每个人都会遇到或大或小的困难。有的人总会抱怨和推卸责任，有的人却不是这样，而是用行动去解决问题，哪怕解决的速度很慢。当有人在抱怨"都是他的错""为啥我老是这么倒霉"的时候，乐观的人已经开始思考，"现在该怎么做会更好呢?"很多人面对事情的悲观态度，其实都来源于想得太多，做得太少。越想越不知道如何去做，越想"困难"越多，压力越大，周而复始，造成恶性循环。事实上，你少抱怨一分钟，就会多进步一分钟。抱怨解决不了问题，只会让自己无法进步。既然如此，不如试着行动起来，积极解决问题。

我们只要掌握了下面这几步，就可以打破这个恶性循环。

首先，分析原因，并将每一个原因设定为一个小目标。（目标要明确而具体）

其次，在每一个小目标下，设计两套以上的实施方案。（开拓思维，不局限于某一角度）

再次，分析不同的方案，权衡利弊，确定其中之一，制订详细的行动计划。（行动计划要能做到，不要盲目制订）

最后，监督行动计划的完成情况。（可以让父母或朋友监督，这样才能将行动落到实处）

对看似高不可攀的目标，也不要畏缩，对其进行以上的行动分解，并倾注极大的热情，一心一意地钻研，这将会使我们自身的能力得到惊人的提高，或者说让沉睡中的巨大潜能迸发出来。所以，哪怕是现在的自己无能为力，只要用行动做好准备，将来的自己一定能行，相信自己。

今天的社会越来越进步，竞争也越来越激烈，能够乐观积极地面对生活中的一切困难，在某种程度上也成为我们的一种竞争力。拥有乐观积极的生活态度，做一个朝气蓬勃的少年，坚定我们的信心，正视、承认、接纳我们所遇到的一切，我们才能发现生活的美好，创造美好的生活。

【精神传承】

一件事情有许多角度，有好的一面，也有坏的一面，有乐观的一面，也有悲观的一面。我们每个人都可能会遭遇苦难，乐观的人会从苦难中看到人生的财富，会从苦难中看到奋斗的快意。他们以苦为乐，并不是安于天命，而是直面现实，勇挑重任。

每一种精神的背后，都回响着胆识和毅力的高歌；每一种文化的背后，都渗透着勤奋与汗水的追求。过去的选择决定今天的生活，今天的选择决定以后的方向。山西右玉就有这样的一群人，他们用苦难作底料、用不屈的努力和奋斗勾兑出一坛文化的美酒。

"一年一场风，从春刮到冬。白天点油灯，黑夜土堵门。在家一身土，出门不见人。"这便是六十多年前右玉人的生活状态。这里濒临沙漠，是天然的大风口，但全县只有零星的 8000 亩（1 亩 ≈ 666.67 平方米）残林，森林覆盖率仅为 0.3%，难以挡风。有句民谣说："山山岭岭和尚头，千沟万壅没水流，水旱风灾年年有，十年倒有九不收。"这里土地已经沙化，一亩地只打 38 斤（1 斤 ＝ 0.5 千克）粮食，全县 4 万多口人要生存，要温饱，怎么办？曾有到此饱受其苦的外国专家断言，这里不适宜人类居住，建议举县搬迁。

▲　图为过去风沙无情的右玉

扎根还是搬离，这成了摆在所有右玉人面前的一道难题。然而，他们的革命乐观主义精神让他们没有多想，干就是了。

"要想风沙住，就得多种树。"可是，在这干旱寒冷的塞上高原种树，哪是那么简单的事，可以说"养活一棵树比养活一个孩子都难"。1956 年，马禄元书记带领右玉人栽树固沙。那时候，没有苗圃，他们只能从几十里（1 里 ＝ 500 米）外的残林中，甚至远赴百里之外的大同，采集新鲜杨树枝条当树苗，调集全县马车昼夜不停地往工地上运。人们集中住在工地附近的村庄里，连柴房和牲口圈都住满了人。早晨天不亮，人们就开始扦插杨树枝条，一天要干十几个小时。渴了，喝口消凌水（河冰融水），饿了，吃口冷块垒（莜麦面团）……在风沙满天的旱地里，喝水就成了他们每天最大的问题。因为喝水还闹出过不少笑话，有人把瓶子里的尿当成水喝，都没喝出来尿味儿。

可是，天地并不为之所动。头一天栽下的树，第二天就被刮出了根。由于处在风口地带，上千人栽了两年树，只活了几棵，在沙土里露着梢头。人们刨开沙土才恐怖地发现，许多栽活的树，其生长速度赶不上风沙掩埋的速度，都被活埋了，其中一棵树被埋了两米七。

▲ 图为 20 世纪六七十年代右玉群众在荒地上植树的情形

面对这样的困难，右玉人"先种信念再种树，迎难而上找出路"。他们相信"骐骥一跃，不能十步；驽马十驾，功在不舍"。正是抱定这样乐观积极的心态，右玉人没有放弃，县委、县政府领导班子一任接着一任干，右玉百姓一代接着一代干，从20世纪50年代的"哪里能活哪里栽"到"哪里有风哪里栽"；从"哪里有空哪里栽"到"适地适树合理栽"；从"乔灌混交立体栽"到"彩色生态靓起来"，几十年如一日，一步一步落实在行动上，圆了"绿色梦"。

右玉精神，并不仅仅是"种树精神"，更是一种心理上积极乐观的精神、行动上永不言弃的精神。百年前，梁启超便说过"少年强则国强"，百年后的我们也同样要担起实现中国梦的重任。我们要学习右玉精神，以更加坚定的信念、更加高昂的斗志，做乐观积极的好少年。

学习篇

——做一个奋发向上的少年

想象力、创造力从哪里来？要从刻苦的学习中来。知识越学越多，知识越多越好，你们要像海绵吸水一样学习知识。既勤学书本知识，又多学课外知识，还要勤于思考，多想想，多问问，这样就能培养自己的创造精神。

——总书记寄语

态度决定未来

"黑发不知勤学早，白首方悔读书迟"，这句诗大家已经耳熟能详了，但是对于诗中的含义，我们却体会不深。不过每逢考试结束后，看到自己的成绩，就会对这句诗有了深入的理解。有的时候再加上一顿"男女混合双打"，我们的体会就会更深。老师总是希望我们再勤奋一点，父母总是期望我们再努力一点，可是面对不理想的成绩时，我们痛哭流涕，痛定思痛，反思自己的一切，甚至下定了可以撬动地球的决心，可是这种后悔莫及的感受却往往只能持续那么短短的几天。我们每个人都想上进，可是怎样才能做到勤奋、努力、上进，并能坚持下来呢？

【身边故事】

"天才"君君

这学期开始后的第一次考试，君君考得特别好，不但得到了老师的表扬和父母的赞赏，还得到了同学们羡慕的眼神，大家都想和君君做同桌。甚至下课了，找君君玩的同学也增多了，这让君君十分得意，瞬间感觉自己成为班级的中心，不知不觉变得骄傲起来。

原本，君君上课注意力集中，总会目不转睛地盯着老师，心神紧紧地跟着老师的讲解走，不敢有一丝懈怠。可是最近他却在那飘飘然的心情中，注意力开始涣散了。课堂上的君君，像极了丰子恺笔下那只高傲的白鹅，总是伸长了自己的头颈，左顾右盼，趁老师转身在黑板上写字的时候，一会儿摆出一个"猴子望月"的造型，看看左边的同学；一会儿又扮出一个"嫦娥奔月"的姿势，逗逗右边的同学，使得同学们都捂着嘴偷偷地笑，不敢出声，这让原本就得意的君君更加忘形了。

同时，课堂上曾经积极发言的君君也消失得无影无踪，取而代之的是沉浸在自我世界当中，时常神游太空的君君。因为不认真听讲，面对老师偶尔的提问，现在的君君再也无法像以前那样说出准确的答案了，站起来支支吾吾，所答非所问。几位老师都有些奇怪，原本上课挺认真的君君，却连一些很基础的问题都会答错。老师们看着这样的君君，往往会流露出疑惑的眼神，不过当着全班同学的面，想着君君上次的成绩那么好，老师也就没多说什么。

对于作业，君君也开始满不在乎了，每天到写作业的时候，心底就响起了这样的声音：既然我已经考得这么好了，现在何必再那么认真呢，谁还没有个错误啊！错了也不怕，就凭我这天才的大脑，改正就是了……所以，无论是课堂作业还是家庭作业，君君都开始像应付差事似的，心情好了，认真写写；心情不爽了，那就随意画画吧！反正老师第二天也会讲这些作业，错了再说！结果，老师给的评语再也不是曾经的全优，红色的叉叉越来越多地出现在了君君的作业当中。

学校的时间过得总是那么快，转眼又要迎来第二次考试了。看着那些认真复习的同学，君君不但没有跟着同学们一起认真复习，反而觉得他们有些可笑。甚至有的同学喊君君一起复习，君君都满不在乎地说："别闹别闹，我还要玩会儿呢！你觉得我现在的成绩还用得着复习吗？"现在的君君认为智商是决定一切的，对于他来讲，考试根本无须紧张，更不需要复习，真正的强者是不需要准备的！

很快，班里就迎来了第二次考试。考场上，同学们认认真真作答，当然君君也很认真。看着试卷，他觉得题目都挺熟悉的，这个题好像自己写作业的时候错过，自己改过，就是这么做的；那个题好像老师上课的时候也讲过，自己就是这么理解的，肯定没错！就在这样的"自信"中，君君完成了班里的第二次考试。

成绩在第二天就出来了，君君满怀欣喜地等着自己的试卷，但是当老师把试卷放到他的面前时，君君望着那鲜红的分数——70分，那颗脆弱的小心脏仿佛坐上了过山车，张开的嘴，迟迟无法闭合。这个时候君君突然明白了人的心为什么会突然停止跳动——那是被分数吓得动不了了！再确定了一下——还是70分，并且只有70分，怎么会呢？是不是看错了，君君用力揉了揉眼睛，分数依旧是那个分数。可是君君不能相信，也不敢相信，于是又反复检查老师有没有判错的地方，翻来覆去地看着自己试卷上画着红色叉叉的地方，努力地寻找着其中的"奇迹"，但让君君找到的却是失望，因为没有找到一处判错的地方。

这个时候，君君的心才痛了起来，老师还顺带在课堂上狠狠给君君的伤口上撒了一把盐，不点名地大声批评道："咱们班的有些同学啊，因为第一单元考得不错，就骄傲自满，上课不认真听讲，作业也不认真写了，错得一塌糊涂，还天天自以为是。我相信，咱们的成绩永远都是最认真的'法官'，这位'法官'会依据你平时的表现给你最公正的判决。这次的分数对这位同学来说应该是一个警醒，同时也给大家敲响了警钟，天下永远没有不劳而获的东西，包括成绩！不劳而获只能是个梦！"

老师的每一个字，就像鞭子一样，狠狠地抽打在了君君的身上；老师的每一句话，就像拳击手的拳头一样，重重地击在了君君的胸膛上。虽然老师没有点名，可是君君心里非常明白，老师说的那位同学就是自己。这时君君的脑子"嗡嗡"作响，密密麻麻的汗珠布满了他的额头，君君恨不得马上找个地缝钻进去。泪水开始像一条断断续续的小河，从君君的眼里流了出来，又顺着滚烫的脸颊，滴落到了试卷上，模糊了君君的双眼，也模糊了那鲜红的分数……

> ❋ 君君的故事，相信同学们不会陌生，我们的身边可能会有很多这样的君君，又甚至我们可能也曾经就是君君，那么我们在遇到君君这样的情况时，又该怎么做呢？

【成长启示】

子曰："吾尝终日不食，终夜不寝，以思，无益，不如学也。"

——《论语·卫灵公》

（孔子说："我曾经整天不吃饭，彻夜不睡觉，去左思右想，结果没有什么进步，还不如去学习为好。"）

有一年，几十位诺贝尔奖的获得者在巴黎举行聚会，引起了全世界的关注。很多人都非常好奇这些伟大的科学家是如何成功的，并且想进一步了解这些获得了世界最高奖项的人们在各自的领域取得成功的秘诀是什么，借此探究这些伟大的科学家有哪些共同之处。于是他们采访了这些举世闻名的科学家中的一位。

记者问："先生，我们都非常好奇，您觉得自己获得诺贝尔奖应该归功于您在哪所大学、哪所实验室里学到的东西呢？"

出人意料，这位白发苍苍的科学家回答说："哦，是在幼儿园。"

记者们听到了这个答案，都非常震惊，纷纷露出疑惑的神情，这与他们想象中的答案完全不同，他们期待的是著名的大学，又或是一些世界闻名的实验室，而科学家的答案却是"幼儿园"。于是他们猜测，这所幼儿园肯定又有其不平凡的地方，才会培养出如此杰出的科学家。

于是记者们又追问："您在幼儿园里学到了什么呢？"

这位科学家答："把自己的东西分一半给小伙伴们；不是自己的东西不要拿；东西要放整齐，饭前要洗手，午饭后要休息；做了错事要表达歉意；学习要多思考，要仔细观察大自然；知道的事情，就说知道；不会做的事情，请求助老师。从根本上说，我学到的全部东西就是这些。"这位科学家的回答，代表了参加会议的科学家的普遍看法。把科学家的看法概括起来就是，他们认为终生所学到的最主要的东西，是幼儿园老师培养了他们良好的学习态度。

"知之为知之，不知为不知，是知也。"这是广为流传的一句名言，孔子一直用它来教育自己的弟子们，现在被用来提醒人们用诚实的态度去对待知识问题，不得有半点虚伪和骄傲；要养成踏实认真的学习态度，实事求是的作风。联系现实生活中的人和事，再仔细分析一下，就会越发感到那位科学家以及孔子的话确实蕴含着深刻的道理，尤其是在学习问题上。如果你渴望获得较好的学习成绩，如果你渴望有效地利用时间，如果你渴望在学业上有所成就，那么，你首先要有一个良好、端正的学习态度。

学习要有一个好的学习态度，可能会有好多同学好奇"学习态度"到底是什么呢？其实，学习态度是指我们对学习的一种准备状态。具体地说，就是我们对待学习的注意状况、情绪状况和意志状态。注意状况说的是你在课堂上接受新知识的时候是否足够专注；情绪状况说的是你对待新的知识时，会产生什么样的情绪，是高兴还是有点厌恶；意志状态和我们的意志相关联。我们都知道学习是一件非常漫长的事情，人们常说"活到老，学到老"，这就需要我们有足够的毅力去坚持。

那么，作为小学生，我们要想取得好成绩，应该有什么样的学习态度呢？

首先，我们要向"自觉"多请教。

自觉就是主动，不需要老师、家长的提醒和管束，更不能把学习寄托在父母和老师的督促上；自觉就是心甘情愿，我们的学习生涯才刚刚开始，那么我们首先要把学习当作我们必须要做的事情，而且是最快乐的事情，这样可以让我们更快乐地去学习，而不是把学习当作是自己的负担。当然对于我们小学生而言，要做到完全的自觉，可能稍微有点难度，这个时候，我们就可以寻求老师和父母的帮助，比如制订学习计划，合理分配自己的学习任务，并且邀请父母或者老师一起见证自己的成长。当然，我们也可以和自己的小伙伴一起合作完成"自觉"的计划，比一比谁先达到你们设定的目标同样是一个不错的选择。

我国著名作家郭沫若，从小就与"自觉"成为伙伴。在他读小学一年级时，老师讲历史课——"春秋十六国"，其中有许多人的名字，跟外国人的名字一样，非常难记，因而记人名便成为当时历史课的一只"拦路虎"。为了克服这个困难，郭沫若约了一位要好的同学躲进一间阴暗的自修室里，俩人苦读硬记，进行比赛，直到把整本历史课本上的人名背得滚瓜烂熟才走出屋子。正是因为郭沫若的自觉，才让他在后来的学习之路上克服了重重困难，最终成为一位才学卓著的文豪。

其次，我们要向"专心"多学习。

专心，就是在学习的时候一心一意；专心，就是在学习的过程中抓紧每一分钟；专心，就是用脑思考，用嘴表达，

▲ 郭沫若是我国现代文学三大巨匠之一。图为为纪念郭沫若先生诞生九十周年，发行的一套邮票。第一枚为郭沫若肖像，表现了他出众的才华和坚贞不渝的革命品质。他那宽阔的前额，蕴含着智慧；有神的双目，闪耀着聪敏；紧闭的嘴唇，坚毅而富有表情。第二枚采用了郭沫若伏案进行写作构思的素描像。他右手握笔，左手托着额角，沉思着，再现了这位文学大师的凝神状态和气质风度

用手书写。我们常说："世上无难事，只怕有心人。"其实说的就是这两个字——专心。也许我们觉得，有些同学没有花太多的时间学习就可以取得很好的成绩，而自己很努力可成绩却上不去，其实这是因为别人在用心学习。虽然同样是做了一份试卷，但是那些成绩优秀的同学往往比我们更加专心、专注。

我们都听过牛顿和鸡蛋的故事吧！

　　一天中午，到了吃饭的时间，牛顿还在专心地做实验，助手就给了他几个鸡蛋，叫他自己煮了吃。过了一会儿，牛顿感觉自己饿了，就把助手拿来的"鸡蛋"放进了锅里，自己又开始专注地做实验。半个小时以后，实验做完了，牛顿这才开始吃午饭。但是，当他揭开锅盖，不禁张大了嘴巴——在锅里煮的竟然是一只怀表！他又看了看桌子，那几个鸡蛋还完好地躺在那里，而桌子上的怀表却不翼而飞了。原来，牛顿做实验太过专注，误把怀表当成了鸡蛋放进了锅里。牛顿正是对工作和实验有着这样浓厚的兴趣，有着刻苦钻研和忘我投入的精神，才能获得通过科学大门的钥匙，抵达科学的圣殿。

　　最后，就是"毅力"这个老朋友。

　　为什么说它是老朋友，其实并不是说年纪大，而是说"毅力"陪伴我们的时间最长。毅力就是坚持，就是不放弃。毅力是实现理想的桥梁，是驶往成才的渡船，是攀上成功的阶梯。通往成功的道路往往充满荆棘，坎坷不平，会有许多艰难险阻。有作为的人，无不具有顽强的意志和坚忍不拔的毅力。我国古代大医药学家李时珍写《本草纲目》花费了二十七年；进化论创始人达尔文写《物种起源》用了十六年；天文学家哥白尼写《天体运行论》用了三十六年；大文豪歌德写《浮士德》用了六十年，而郭沫若翻译《浮士德》也用了三十年；马克思写《资本论》用了四十年。这些中外巨人的伟大成就无一不是理想、智慧与毅力的结晶。顽强的毅力是他们成为巨人的一个必备的条件。

不积跬步，无以至千里；不积小流，无以成江海。学习也是一样，态度很重要。让我们从现在开始端正学习态度，努力奋斗，学好本领，拥抱属于自己的美好未来！

【精神传承】

自古英雄出少年。抗日战争时期，中华民族涌现出了一批少年英雄，在民族危亡时刻，他们跟父辈一起，用自己稚嫩的肩膀担负起了沉重的抗争。在太行山上，抗日小英雄王朴，十一岁时被大家推选为抗日儿童团团长。他经常带领小伙伴们拿着红缨枪，站岗放哨查路条（路条是一种简便的通行凭证），给八路军送信带路。

1943 年春，鬼子扫荡到王朴的家乡，王朴和乡亲们躲进了山里。一天早上，鬼子包围了王朴和乡亲们。鬼子拿着汉奸提供的名单，让抗日军属站出来，王朴和他妈妈张竹子昂首挺胸站在最前面。鬼子把刀架在王朴的脖子上，威逼他说出八路军兵工厂的枪支和弹药藏在哪里。王朴勇敢地推开鬼子的刺刀，带领在场的 20 多名儿童团团员高呼：我们至死不当汉奸。残暴的日本鬼子向在场的群众开了枪，制造了枣野场惨案，118 名无辜群众倒在了血泊之中，其中包括王朴，王朴的母亲、弟弟和奶奶。为了纪念这位牺牲时只有十三岁的小英雄，晋察冀边区政府授予了王朴"抗日民族小英雄"的光荣称号。

▲ 图为抗日战争时期的儿童团。抗战时期的儿童团跟今天的少先
队一样，都是中国共产党领导下的少年儿童先锋队组织

　　小英雄李爱民也是抗日儿童团团长。有一天，八路军的
一位营长让他穿过敌人的封锁线去送一封"火急"信。李爱
民二话没说，回家赶上心爱的小毛驴，带了草绳和镰刀，把
信装进袜筒子里出发了。一路上还算顺利。眼看就到敌人的
封锁区了，他忽然发现前面不远的土堆上有两个端着枪的人
影在晃动。不好，鬼子的流动哨盯上他了。怎么办？李爱民
灵机一动，抓起一把稀牛粪，涂得满身都是，然后把小毛驴
赶进了草坡里，弯下腰割起青草来。"八格牙鲁，举起手来！"
冷不防，已绕到身后的鬼子一下子抓住了他的衣领。另一个日本
军官直盯着李爱民的眼睛吼道："大大的八路探子，抓起来！"

　　"我是来放驴割草的。你们看，那是我割的一堆草，那不

是我的小黑驴吗?"李爱民机智地回应。

鬼子看他满身是粪,像个放牲口的穷孩子,便一脚把他踢倒,又嘟囔了几句,调头而去。小爱民忍着剧痛爬起来,跟跟跄跄地赶着小毛驴直奔小道,顺利完成了送信的任务。后来,这位抗日小英雄为了保护乡亲们而落入敌手,倒在了鬼子的屠刀下。那年,他年仅十二岁。

在巍巍太行山上,太行儿女用鲜血和生命,用智慧和团结书写了难能可贵的"太行精神",其实质内涵就是:不怕牺牲、不畏艰险;百折不挠、艰苦奋斗;万众一心、敢于胜利;英勇奋斗、无私奉献。

现在艰苦的革命岁月已经过去,作为新时代的接班人,"太行精神"正是需要我们学习和传承的宝贵财富。

我们作为新时代的少年,是未来的主力军、生力军。我国社会主义现代化和中华民族伟大复兴的中国梦,将来要在我们的手中实现。因此,我们应该更加严格地要求自己,继承和弘扬"太行精神",将太行儿女不畏艰险、百折不挠的精神用在我们的学习中,从小学习做人,从小学习立志,从小学习创造。

从现在起,我们要珍惜时间,端正学习态度,利用好每一分每一秒,有计划、有目标、有步骤,踏踏实实地勤奋学习,为今后的人生打下扎实的基础,为远大的理想做好充分的准备。让我们坚定信念,朝着目标不懈努力,争做祖国和人民需要的好少年。

向身边的榜样看齐

合抱之木，生于毫末；九层之台，起于累土；千里之行，始于足下。作为大国崛起路上的青少年，我们应该做社会主义核心价值观的践行者，系好人生第一粒扣子，在生活、学习中培育勤学、修德、明辨、笃实的宝贵品质，掌握正确的人生方向，书写人生最光辉的篇章，在奋斗路上遇见最有潜力的自己！

事迹，不一定轰轰烈烈；

平凡，也可以打动人心；

英雄，不一定高高在上；

榜样，也可以很接地气。

【身边故事】

我的好榜样——丁浩

"天才是百分之一的灵感，加上百分之九十九的汗水"，正是如此，我们眼中很多的"天才"，他们取得优异成绩的背后是无数次的默默坚持，浸透着努力奋斗的汗水……

我们学校六年级的丁浩同学，就是我们眼中的"天才"。他的成绩总在全年级名列前茅，他积极参加学校的集体活动，他兴趣广泛、多才多艺……同学们对他是无比仰慕，同时也很好奇，他怎么就那么完美、品学兼优呢？在一次学习交流中，他大方地给我们分享了他的学习历程。

他从小开始练书法。他在书写时，风度翩翩、温文尔雅，写的字遒劲有力、刚健柔美。这些都是我没有的。尤其在写对联时，我不是满手红色，就是满身污墨，而他却能做到一尘不染，字也写得方方正正、美观得体。我的字和他的字比较，简直就是麻雀比凤凰，相去甚远。

更令人羡慕的是在他牙牙学语时，他的妈妈就坚持每天给他读绘本、讲故事，早早养成的阅读习惯让他在后来的语文学习中受益匪浅、事半功倍。课内，他牢牢掌握基础知识；课外，他又大量阅读各种书籍，如历史、百科、中外名著等。广泛的阅读既弥补了课堂上所学内容的单一，又开阔了他的视野，提升了他的文学素养，所以考高分在他这里变得毫不费力，轻松自如。语文学习对他来说简直就是一种享受！

在英语方面，从小就开始科学、系统地学习英语让他比其他同学更有优势，但口语也曾经是他很头疼的事。一二年级时，在父母的监督和陪伴下，他每天坚持大量听英文原声，并开始接触英文原著。那时，面对英文原著里密密麻麻的陌生单词，感觉就像在看天书，但他还是硬着头皮坚持了下来。

从刚开始读一段都非常吃力，到现在他只要拿起英文书就爱不释手。几年的坚持让他积累了大量的英语词汇，并培养了良好的英语语感，比起我们整天死记硬背英语单词和语法知识强太多。

英语、语文这两门功课扎实的基础为他节约了大量的学习时间，让他能用更多的时间去研究数学题目。课上，他认真听老师讲每一道习题，不懂便立刻提问；课下，他做各种数学练习题，举一反三，直到彻底弄懂为止。这种方法让他的数学成绩也经常是满分。

他曾经觉得这样的自己非常完美了，甚至觉得自己真的就是所谓的"天才"。直到有一次考试，他的数学试卷上那仅仅83分的成绩映入眼帘，他完全懵了，这让他一直以来自以为无所不能的优越感完全崩塌。他看着卷子上的一道道错题近乎崩溃，觉得很丢脸，不敢面对老师的目光，不敢把这成绩告诉父母。于是，他恼怒地把卷子揉成一团，甚至想把它丢进垃圾桶。回到家，他把自己关进屋里，手里攥着那83分的数学试卷辗转反侧，难以入眠。他反思着自己的学习态度和学习方法——骄傲、浮躁让他的数学成绩一落千丈。从那以后，他开始重新规划他的数学学习方案，注意公式的灵活运用，踏踏实实做好每一道题，并及时总结问题。经过一段时间的努力，他终于又找回了属于他的荣誉。

这就是我们眼中的"天才"，他说："学习之路没有捷径，只有坚持。"

✽ 在你身边也有像丁浩这样的榜样吗？
你准备向他（她）学些什么？

【成长启示】

榜样是灯，照亮我们前进的道路，为我们驱走黑暗；榜样是旗，为我们指引前进的方向，令我们不再迷茫；榜样是船，让我们扬起希望的帆，驶向胜利的彼岸。以榜样为镜，可以明方向、知差距、净心灵、升境界。

2014 年 5 月 30 日，习近平总书记在北京市海淀区民族小学主持召开座谈会时说："一个民族的文明进步，一个国家的发展壮大，需要一代又一代人接力努力，需要很多力量来推动，核心价值观是其中最持久最深沉的力量。"他还给我们青少年提出了四点希望，那就是"记住要求、心有榜样、从小做起、接受帮助"。那么我们究竟要如何做，才能向榜样看齐呢？

首先，就是要善于发现身边的榜样。

心有榜样就会拥有梦想，心有榜样就会严格要求自己，心有榜样就会努力奋斗。有时候我们并不缺少榜样，而是缺少一双发现榜样的眼睛。当然榜样也不能随便找，如果我们找一个离我们较远的榜样，像雷锋叔叔、刘胡兰姐姐等，一时间会感到无从做起。我们要找的是身边的小榜样，这样才能跟随他们的脚步一点点进步，最后达成大目标。

▲ 伟大领袖毛泽东在 1963 年 3 月 5 日亲笔题词：向雷锋同志学习。每年的 3 月 5 日为学雷锋日

小榜样可以是谁呢，要怎么来找呢？

我们身边的同学、伙伴等都可以是小榜样。举个例子吧，我们学校是个藏龙卧虎、人才辈出的学校，我的小榜样就是丁浩，这样我的小榜样就确定好了。

其次，就是要拿自己和榜样认真对比，找到榜样的闪光点，分析榜样成功的原因。

还拿我的榜样丁浩来说吧，他每次的考试成绩都比我好。

通过平时的留心观察，我发现丁浩之所以成绩比我好，主要有三个原因：

一是他比我更刻苦。丁浩给自己制订了严格的学习计划，为了学习常常废寝忘食。有时候为了弄懂一个问题，大家都放学回家了，他还要独自留在教室里看书。

二是他学习态度比我端正。比如我平时读书常常是一目十行，走马观花，记知识也是"大概""差不多""意思一样就行"，而丁浩却将每一个知识点都熟记于心，不差分毫。

三是他比我更严谨细致。看看我和丁浩的书本，我的乱七八糟，但丁浩却每次都把书本收拾得整整齐齐，让人看了赏心悦目。

最后，就要对症下药，对照榜样制订计划，向目标迈进。

比如，为了向我的榜样丁浩看齐，我给自己制订了详细的学习计划。为了改掉我在做题、记词上马马虎虎的缺点，我给自己规定了每天都要认真听写一课词语，做 30 道计算题，正确率达不到要求再重新做；为了改掉我看书走马观花的毛病，我强迫自己坐下来逐字逐句认真阅读，并且在阅读中养成记笔记的好习惯。为了提高自己的书法，我让爸爸给我买了几本字帖，每天写几页，让字变得越来越秀气。我相信，只要自己坚持下去，持之以恒，就会离我的榜样越来越近。

伙伴们，作为新时代的少年，让我们一起向榜样学习，向身边的榜样看齐，从小事做起，努力成长为有理想、有道德、有文化、有纪律的社会主义合格建设者和可靠接班人。

相信，只要我们善于发现身边的榜样，善于学习身边的榜样，总有一天，我们也会成为别人学习的榜样。

【精神传承】

2019 年 2 月 20 日，中共中央宣传部向全社会发布北京榜样优秀群体的先进事迹，授予他们"时代楷模"的称号。从 2014 年至今，五年来，共有 50 人入选"北京榜样优秀群体"。他们来自各行各业，既有知名的科学家、大学教授、企业家、大国工匠，也有普通的环卫工人、农民、外来务工人员，其中普通民众占到北京榜样群体的 90% 以上。他们在平凡的工作和生活中把不起眼的小事做成了伟大的善举，用实际行动聚起了强大的向善力量，温暖了整个社会。

环保奶奶贺玉凤，延庆区张山营镇小河屯村村民，二十二年来她风雨无阻，雷打不动，为守护一河清水，在延庆妫水河两岸义务捡拾了数以万计的塑料袋、快餐盒等白色垃圾。刚开始很多人对她的举动不理解，甚至把她当作捡垃圾的"拾荒人"。可她始终没有放弃，她说："你扔下的是垃圾，我捡起的是美德。"

其美多吉，中国邮政集团公司四川省甘孜县邮政分公司邮车驾驶员，承担川藏邮路甘孜到德格段的邮运任务。他爱岗敬业，三十年如一日。当他遭遇歹徒，身中 17 刀，命悬一线时，他用顽强的信念从死亡线上挣扎苏醒过来，刚一恢复便又重返雪线邮路。

宋玺，2018 年度"北京榜样"，是山西长治的一位"90后"姑娘。2012 年 9 月，多才多艺的她考入了北京大学。2015 年，大三结束时她选择参军入伍，在新兵训练的实战考核中，以全优成绩加入海军陆战队，成为一名侦察队队员。2016 年年底，在远航的中国海军第 25 批护航编队中，宋玺作为唯一的"90后"巾帼陆战队员，赴亚丁湾、索马里执行护航任务。

……

《北京榜样》的歌词中这样写道："千万人中你很平常，你我常走在同一条街巷……你是我的邻里街坊。"习近平总书记指出，培育和践行社会主义核心价值观必须与人们日常生活紧密联系起来，在落细、落小、落实上下功夫。"北京榜样"正是这样的一群下功夫践行社会主义核心价值观的人，他们不是明星，但他们在百姓心中闪亮发光；他们做的是一件件小事，但正因为平常而真实，像阳光般无声无息地温暖四方。他们是普通人，用凡人善举诠释着社会主义核心价值观，诠释着中国特色社会主义新时代的新风尚。

　　作为一名少先队员，我们要心有榜样，敢有梦想，一步一个脚印，刻苦拼搏、一心向上。我们要传承榜样精神，弘扬榜样力量。"北京榜样"精神启发我们：学习是一场马拉松，没有捷径而言，没有顺风船可驶。每一天的学习都要认认真真、踏踏实实，不得有半点骄傲与浮躁。哪怕自己不够聪明，只要肯下功、肯钻研，勤学好问，善于思考，不畏困难，勇于挑战，就能像"北京榜样"那样闪闪发光。

习惯的力量

从小到大，我们听得最多的就是"好好学习，考高分，上重点大学"。看着他们热切期盼的目光，我们心中暗下决心：一定不负众望。可是"好好学习"说起来容易，究竟要从何做起呢？所谓良好的开端是成功的一半，这个开端很大程度上取决于我们的习惯。

我们养成习惯，然后习惯塑造我们。好习惯会让我们终身受益、事半功倍，而坏习惯则会产生一系列的连锁反应，像多米诺骨牌一样不断扩大影响。学习需要方法，最有效的就是养成好习惯。所以，从现在开始，对自己负责，培养好习惯。

【身边故事】

小锋的一天

妈妈叫小锋起床都好几次了，小锋才睡眼惺忪地从床上爬起来。他穿好衣服，洗漱完毕，一看表快迟到了，早饭也顾不上吃，急急忙忙把昨晚摞在桌子上的课本和作业胡乱塞进书包，跟父母道了别，就出门了。

早读铃声响起时，小锋才急匆匆地跑进教室。在座位上坐好后，他掏出文具盒和课本，瞅瞅旁边的同学都在做什么，然后翻开课本开始早读。小锋努力地想把注意力放在早读的内容上，可肚子却一直叫个不停，无奈地想："好饿啊，一会儿下课去买点零食吃。"而此时大部分同学都已进入了早读的状态。

课间，各个小组的组长开始收作业。小锋把书包翻了个底朝天都没找到数学作业本，他恼火地自言自语："真是的，早上收拾书包太着急忘带了！"只好对组长说："我忘带数学作业了。我中午回家拿，下午交吧。"

数学课上，老师正在讲新的内容，小锋却在座位上看起了课外书。同桌小华问他为什么不听讲，小锋自信满满地说："我每节课都预习呢，老师讲的内容我都会了。"便又埋头继续看书。讲完课后，数学老师出了几道题让同学们当堂练习，要求每道题都用两种方法解答，然后叫了几位同学在黑板上做题，其中就有小锋。小锋很快用一种方法做出了正确的答案，但他抓耳挠腮怎么也不记得昨晚自己预习时课本上还讲过其他方法。

下午，小锋把数学作业交了上去。看到前排的小丽哈欠连天，便问她："你中午没有睡觉吧？"小丽强忍着睡意回答道："是啊，平时都睡，今天中午忍不住看了两集电视剧，没睡觉。果然中午不睡，下午崩溃，看来以后中午还是得休息。"小锋笑了笑，说："估计是个体差异，我每天中午都不睡，但是下午依然活蹦乱跳；中午睡了觉，下午反而萎靡不振。"

体育课上，小锋主动协助老师分发体育器材，还主动帮助周围的同学进行拉伸运动，纠正他们的姿势。下课后，在楼道里碰到语文老师，小锋走上前礼貌地向老师问好。

每天下午的自由活动时间，小锋一般都会和几个同学一起打篮球或者踢足球，组不成队的时候，小锋就一个人跑跑步、玩一玩单双杠。今天也不例外——小锋和几个男同学正奔跑在篮球场上。只见小锋弯着腰，不停地拍着篮球，两眼滴溜溜地转，正在寻找"突围"的机会。他们一个个神采飞扬、全力以赴，像脱缰的快马尽情地在球场上来回奔跑着，脸上的汗珠在夕阳的照射下显得格外晶莹透亮。这些少年们正是追梦的旅人啊。

一天的学校生活结束了，小锋和几个同学一起放学回家。回到家吃过饭，小锋一股脑地把书包里的东西都倒出来摊在了桌子上，开始写作业。写完作业，小锋又翻开课本认真预习第二天老师要讲的内容。时间一分一秒地过去，小锋全神贯注地投入到学习中，丝毫没有感觉到时间的流逝。终于，小锋离开桌子伸了伸懒腰，洗漱完，任凭书本、文具在桌子上散乱摆放，从书架上抽出一本《老人与海》便趴在床上继续看了起来。直到凌晨，小峰才揉了揉睁不开的双眼，倒头进入了梦乡。

❋ 你觉得小锋这一天过得怎么样？他的哪些地方值得我们学习，哪些地方还可以做得更好？

【成长启示】

朋友，你是否认为自己每天做出的选择都是经过了深思熟虑呢？其实并非如此。由于我们的大脑每天需要处理海量的信息，所以它总是在寻找方法以便节省能量。将一些有规律的行为转变成习惯，从而减少所占资源，这是大脑节约能量的一个重要方法。可以说，习惯的养成正是因为大脑时时刻刻都在寻找省力的方法。

一个人每天所产生的行为中，有多达 40% 的是基于习惯，而非由意识决定的。虽然每个习惯的影响相对来说比较小，但是随着时间的推移，这些习惯综合起来形成的合力却可影响我们的健康、效率、财富，甚至整个人生。良好的习惯可以通过生物钟、条件反射，充分发挥潜意识的作用，自动提醒我们应该做什么。好习惯一旦养成将终身受益。

习惯成自然，小锋的这一天可以说是他整个学生阶段的一个缩影。小锋正处于生长发育的重要阶段，良好的生活习惯对学习有巨大的促进作用，好的生活习惯是学有所成的保障和基础。

生活习惯一：按时吃饭，尤其是早饭。小锋怕迟到而不吃早饭，是捡了芝麻丢了西瓜。早餐是一天当中重要的能量来源，不吃早饭害处多：经过一晚上的睡眠之后，人体内的营养物质本身已经被消耗殆尽，这时身体内血糖的浓度是比较低的，如果没有及时吃早餐，血糖得不到补充，注意力就无法集中，容易感觉到疲劳，没有精神，反应的灵敏性也会下降，直接影响学习效果。

生活习惯二：不吃零食。用零食来代替正餐也是一个不好的习惯。市面上的大部分零食都属于高盐、高糖、高热量、高脂肪、多添加剂的食品，拿它们来代替正餐危害很大。

生活习惯三：适当午睡。关于要不要午睡这个话题，首先要明白午睡的目的。午睡是为了保证下午能有充足的精力完成学习任务。所以，如果不午睡，下午仍然很精神，大可不必午睡。同样没有午睡，故事中的小丽下午睡意浓浓，而小锋依然精神十足，可见午睡这件事存在很大的个体差异。

生活习惯四：坚持每天锻炼。小锋有运动的习惯，很是难能可贵。生命在于运动，适当的运动锻炼，可以帮助我们提高身体素质和免疫力，同时能够促进血液循环和新陈代谢，帮助我们缓解疲劳压力和紧张情绪，从而让我们浑身充满精神和力量。

生活习惯五：早睡早起。虽说早睡早起和晚睡晚起对成年人并没有好坏之分，但对于青少年来说，晚睡的危害是不可逆转的，因为足够的睡眠是青少年生长发育和健康成长的先决条件之一。晚睡会降低身体免疫力。而且睡眠不足，白天特别容易犯困，大脑运行慢，上课走神，记忆力也会随之下降。牛津大学的一项研究表明，从两岁就开始早睡的孩子，到八岁时，出现注意力问题的概率比同龄晚睡的孩子低62%。

有了好的生活习惯作基础，好的学习习惯的养成就会事半功倍。

学习习惯一：上课认真听讲。小锋自恃提前预习了课本内容，便在上课时不听老师讲解，这种行为要不得。预习的目的是为了研究新知识的要点、重点，发现疑难问题，以便在课堂上重点解决，掌握听课的主动权，使听课具有针对性。有些同学认为，上课听不听没关系，反正课后可以自己看书，而且市面上也有很多教辅图书可以参考。抱有这种想法的同学，听课时往往不求甚解，或者稍遇听课障碍，就不想听了，结果浪费了上课的宝贵时间，增加了课下的学习负担，降低了学习效率，往往得不偿失。

学习习惯二：课后及时复习。复习的目的就是消化知识，加深和巩固对所学内容的理解与记忆，达到举一反三的目的。复习是有规律可循的，根据著名的艾宾浩斯遗忘曲线，遗忘在学习之后立即开始，而且进程是不均衡的，速度先快后慢，渐趋平稳。因此，对刚学过的知识应"趁热打铁"，及时复习。

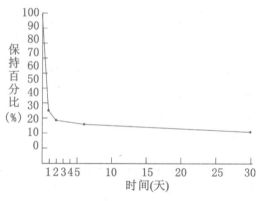

▲　图为艾宾浩斯遗忘曲线

学习习惯三：按时完成作业。作业是为了及时检查学习的效果，真正懂没懂、记住没记住、会不会应用，要在做作业时通过对知识的运用才能得到及时的检验。作业可以加深对知识的理解和记忆，把容易混淆的概念区别开来，对事物之间的关系了解得更清楚。可以说做作业是知识的"消化"过程，做作业可以使思维能力在解答问题的过程中，迅速得到提高。

学习习惯四：合理安排时间。作为学生，我们的主要任务是学习，同时也要有适当的娱乐、锻炼、交往等活动。因此，合理安排好自己的时间十分重要。有效的时间管理，可以促进学习，并增强自我效能感。

当然，我们在学习中应当培养的好习惯还有许多，诸如有疑必问、有错必改，多动手、勤动脑等。只有养成了良好的习惯，学习才会变得轻松，效率才会不断提高。

研究表明，习惯是自发的、下意识的，不以我们的意志为转移，一旦形成，便会自动产生惯性行为。一位哲学家问他的学生，怎样才能永久地除去一片土地上的野草，有人说烧掉，有人说割掉，而哲学家说可以种上庄稼。同样，坏习惯也很难根除，最好的办法，就是用好习惯来代替。那么，如何培养新的习惯呢？

首先要明确两个原则：

原则一：一次只养成一个习惯。

仅仅养成一个好习惯就已经很不容易了，如果想同时养成多个好习惯，容易因为无法长期坚持而导致受挫的概率会大幅上升。

原则二：重视目标达成的过程。

目标的达成是对结果的关注，目标达成后动力就会消失，而习惯的培养则是关注行动和过程，将行动变成无意识行为，巩固已经达到的效果，养成受用一生的好习惯。

第一，制订计划，设定目标。计划的制订要明确而具体。目标要符合现状，我们努力跳一跳就能够得着。而且，目标是可量化的、可操作的，例如每天读一个小时书，比起每天要多读书这样的计划，就清晰得多；每天记 5 个英语单词，比每天记 100 个英语单词要现实得多，也更容易坚持。

第二，付出行动，执行计划。俗话说："有志者，立长志；无志者，常立志。"有了目标和计划，就要说到做到，持之以恒。新习惯的养成刚开始肯定会令你觉得不自在，但是不要把它想成痛苦的事，而应该多想想好习惯带来的喜人成果，这样就会增加动力和兴趣。

第三，获取外部支持。在养成好习惯的过程中，或者在克服坏习惯的过程中，容易出现反复、拖拉、敷衍、放任等现象。我们可以告诉身边的朋友和家人，让他们帮助监督我们。

第四，设置相应的奖惩机制，及时激励自己。取得一点进步时，我们可以适当地奖励自己，比如看一场电影、踢一场球。若是没能遵守契约，也要有一定的"惩罚"，比如帮父母多做点家务、少去一次肯德基等。当然，习惯的养成是一个漫长的过程，所以也不要对自己太苛刻，从而影响自信心。

很多习惯短时间的坚持不见得有多好的效果，但只要去做，你付出的每一分努力，都会在未来的日子里以另一种美好的形式回报给你。

【精神传承】

人和人之间真正的差距并不在于智商，也不仅仅是努力，而是良好的习惯。习惯成自然，只要坚持，平凡中也可以孕育伟大。正如首届全国道德模范评选活动中对申纪兰等的颁奖词中这样写道："恪尽职守。是你们，几年、十几年、几十年如一日，服务人民、尽心尽力、安贫乐道；在自己平凡的岗位上，将责任心、使命感化作了坚守的动力，为社会的发展奠定牢固的根基——向你们致敬！"

申纪兰是我们山西平顺县西沟村的一位普普通通的农民，为了改变家乡的贫穷面貌，她带领西沟人肩挑、背扛、砸石头，上山植树、下田劳作，修大坝、建水库。

申纪兰又是一位不平凡的女性。她不仅是全国劳模，而且是全国唯一一位连任十三届的人大代表。她带领全村人在石头山上造林，在干石河滩上筑坝，创造了敢与天斗的生产奇迹，塑造出了艰苦奋斗的西沟精神和淡泊名利的纪兰精神。

这个从没念过书，一个字不认识的农民，从五十多岁开始，天天认真写字，听新闻、看报纸。这一坚持，就是三十多年。最难能可贵的是，现在生活条件好了，但申纪兰多年养成的勤劳俭朴的生活习惯却从未改变。她至今还住在20世纪60年代末建的排房里，村里多次提议要给她翻修房子，都被她拒绝了。

西沟精神和纪兰精神不仅仅是艰苦朴素的奋斗精神和淡泊名利的奉献精神，更是几十年如一日脚踏实地做事的作风。

西沟人将艰苦奋斗融入到自己的血液中，化为一种习惯，用良好的习惯铸就了一生的坚持。正是这份坚持，让西沟村发生了翻天覆地的变化。

我们青少年处在价值观形成的关键时期，培育和践行社会主义核心价值观，要与日常生活紧密联系起来，落实到一个个良好的习惯当中，系好人生第一粒扣子，认真做事，踏实做人，为我们人生的万丈高楼打下牢固的根基。

▲ 图为西沟展览馆。该馆系统地展示了全国著名劳模李顺达、申纪兰带领西沟人民艰苦奋斗的辉煌历程，是中国社会主义革命、建设和改革开放的缩影

为了小目标，加油

俗话说：成功的人生就是一个好的目标体系，当目标完全融入生活的时候，人生目标的达成就只剩下时间的问题了。特别是处于学习阶段的我们，更应该制定一个属于自己的目标。它可以让我们保持积极的心态，让我们看清使命，进而感受到生命的意义和价值。

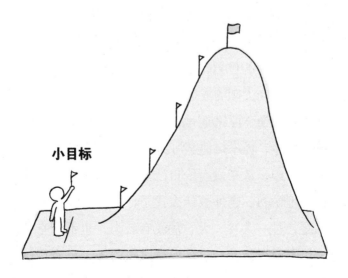

【身边故事】

他有一个"坏毛病"

我的同学穆彪学习很努力，但他有一个"坏毛病"——总爱和别人说："我长大以后，要上清华大学。"

每次听他这样说，我都会笑他傻。毕竟长大离我们还远着呢，谁又能知道十年后自己会是什么样子呢。而且考清华大学，说说就可以的话，还用得着读书吗？

一次，我俩值日，我问他："你为什么老爱在别人面前说大话，说自己将来一定要上清华大学？"

他笑了笑说："你有没有听过三只小鸟的故事？"

"有三只小鸟，一只飞落在树上成了麻雀，另一只飞落在云端成了大雁，最后一只飞向了太阳成了雄鹰。三只一样的小鸟，三个不同的位置，落在树上的成了麻雀，落在云端的成了大雁，飞向太阳的成了雄鹰。"

我恍然大悟，原来他是在给自己树立目标，在给自己的将来确定位置，怪不得他学习那么努力。想到这儿我很惭愧。在我的学习中，从来没有给自己制订过目标，只会跟着老师走，被动地学习。老师教什么我学什么，老师让做什么题我做什么题，过一天算一天。我没有毅力，也不想吃苦；没有恒心，也不懂得坚持；总是说得比做得多，没有行动力，没有效率。这一切表面上看是学习方法的问题，其实最本质的原因是我没有目标，哪怕是一个小小的目标。

再有半年就小学毕业了，我现在也染上了穆彪的"坏毛病"。我常向我的小伙伴们说："我有一个小目标，要上重点中学。"

> ✱ 你的身边有像穆彪这样的同学吗？他们是怎样对待学习的？你有没有什么话想对自己说呢？

骑　车

小学六年级了，因为家离学校比较远，所以经爸妈特许，我开始骑车上学。刚开始几天还好，可是新鲜劲儿一过，我就不耐烦了，觉得太累，而且还很无聊。

但是，坐公交还要再早起半个小时，为了能多睡一会儿，我一天又一天地坚持了下来。经过一段时间的适应，我总结出了一个能让自己不觉得累的方法，那就是在骑行过程中找个目标。

我寻找过许多的目标。目标一定是自己能实现的，不然就算再有动力也不可能成功。就像步行的人想要超过汽车一样，那简直是异想天开。

我骑着骑着，发现前面有辆三轮车，我心里默想：一定要超过它，一定可以超过它。就这样，我鼓足了劲儿，双脚用力蹬，终于超过了那辆三轮车。接着，我又继续寻找下一个目标，直到超过它。就这样反反复复，我骑完了全程，来到了学校。

有目标才会有动力。骑车是这样，学习也是这样。给自己定一个可以实现的小目标，你在学习中就不会觉得枯燥，而且学起来会更有动力。

为了小目标，让我们一起加油吧！

✻ 你在学习中有目标吗？请把它写下来。

【成长启示】

费罗伦丝·查德威克是世界著名的游泳健将。1952 年 7 月 4 日，她决定向一个新的纪录发起挑战。她打算游过美国加利福尼亚和卡塔林纳岛之间的卡塔林纳海峡。那天，雾很大，她连护送她的船都看不到。十几个小时过去了，她又累又冷，知道自己不能再游了。她朝加州海岸望去，除了浓雾什么也看不到，于是叫人拉她上船……后来有人告诉她，她被拉上船的地点，离加州海岸不到 1 千米！

▲　费罗伦丝·查德威克曾只身横渡英吉利海峡，约游了 34 千米

当记者采访她时，她不假思索地说："说实在的，我不是为自己找借口。如果当时我能看见陆地，我就能坚持下来。"

两个月之后，在一个没有浓雾的天气，她成功地游过了这个海峡。目标的明确与否最终决定了她的成败。

第二次世界大战期间，在越南行医的精神病专家弗兰克不幸被俘，后被关入纳粹战俘营。根据他的观察：虽然所有的囚徒被抛入完全相同的环境，但有的人消沉颓废，有的人却斗志昂扬。最后生存下来的人不到 5%，他们活下来的原因几乎毫无例外——有着明确的目标，觉得一些想要做的事情还没有做完，期待活着与家人重聚。

目标不是现实，只是存在于人头脑中的一种想法。它为什么如此重要？因为这种想法能给你很多东西。

目标能给你指引方向。把短期目标定为提高数学成绩的人，知道自己该多做练习；把人生目标定为做一个人民领袖的人，会主动阅读历史、政治和人物传记方面的书籍，关心时事政治。而没有目标的人在面临多种选择的时候会摇摆不定、难以取舍，无法专心从事某一件事情，最终一事无成。所以，我们在学习中一定要有目标，多想想自己的目标是什么，做哪件事情最有利于我的目标的实现？这样你就很容易做出决定了。

目标能给你提供动力。看不见海岸是查德威克放弃的主要原因。在荒漠或草原中行走的人往往会寻找远处的一棵小树、一块石头或一片绿洲作为目标，走到之后再寻找下一个目标，只有这样才能坚持不懈地走完全程。所以，当你感到学习的辛苦难以忍受，或者某一次考试没有考好的时候，多想想自己的目标是什么，为了这个目标，眼前的困难是否值得我去克服？这样，就很少有东西能阻碍你前进。

目标能提供一种衡量自己的标准。当你定下自己下一次要考入全班多少名的时候，你就会去关注本次考试第多少名考了多少分，各科又考了多少分，我总分差多少，差在什么地方。知道了自己的优势和劣势，然后才能有针对性地制订学习计划、安排学习时间。没有目标，就不知道差距在哪里，也不知道自己的强项在哪里，学习难免陷入迷茫。

那么，我们该如何制订目标呢？

首先，制订目标时要有层次。

通常目标有三个层次：长期目标、中期目标和短期目标。你的长期目标应该制订得尽可能长远，比如故事中的穆彪同学，他的长期目标就是考入清华大学。中期目标应该高于你的现状一个档次，比如要在期末考试中考入全班前三名。短期目标则应该限定在自己力所能及的范围内，能够迅速付诸实施，然后通过一个又一个短期目标的实现来获得成就感，比如在骑行中超过前面的那辆三轮车。短期目标不但要具体，而且必须细致。比如，你的中期目标是数学成绩提高 20 分，如果你只是单纯的想着提高 20 分的话，那么可能永远都做不到。你应该试着去看看，从试卷中找出这 20 分来。一张数学试卷有好多种题型，你在每个题型中去找，看哪些题型没有达到这个要求，还差多少，挨个把差的分找出来，这样你就会觉得 20 分其实并不多，而且就知道自己差在哪些地方，该怎样努力了。

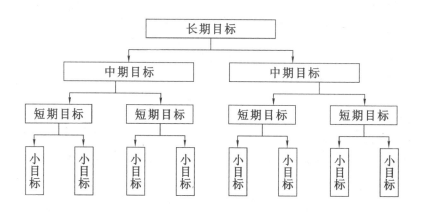

▲　目标的层级

其次，制订目标时要有原则。

要想知道自己将走向何方，必须先看清自己现在所处的位置。你可以问自己几个问题：

（1）我在学习上有怎样的天赋？

要知道完全不学习只能考零分，我没有考零分，那么说明我肯定还是花了一些工夫学习的。所以，即使成绩再差也是学习的结果，而不是不学习的结果，那么现在的成绩肯定代表了一定程度的努力和学习方法。我们不仅要学会向别人学习，而且还要向自己学习，发掘自身的优点，并想方设法把它发扬光大。人们常说"超越自我"，就是这个意思。

（2）我学习的动力是什么？

有的人为了挣大钱，有的人为了做大官，有的人为了让父母高兴……这些都无可厚非，只要能让自己的学习充满激情，即便你说："我学习的目的就是为了让我妈妈高兴！"这也没有什么不好意思的，因为这是你的选择。

（3）我学习的周围是什么样的？

我的学校的教学成绩在本地区处于什么位置？我所在的班级的教学成绩在全校处于什么位置？我身边的人有哪些成绩比我差，差在哪里？有哪些成绩比我好，好在哪里？我的家庭对我有什么影响？

以上问题并非全部，只是给出一个提示，通过多方面的分析发现自己所处的位置，然后才能制订出切实可行的目标。

再次，制订的目标要明确。

制订中短期目标时，应尽可能具体、明确，并有具体的时间限制：我的目标是什么？什么时候可以达成？时间应该怎么安排？等等。这些都要一清二楚。

最后，要定期评测进展。

制订了短期目标后，就要及时开始行动。计划完成后还要及时进行评测，短期目标是不是实现了，或者实现了多少，还差多少。如果实现了，评测一下是不是短期目标定得过于简单了；如果没有实现，好好思考一下，看看短期目标是不是不太现实，是否需要作出调整。这样不断摸索，才能制订出最适合自己的中期目标。

当然，在每一个短期目标实现之后，一定要记得抽点时间庆祝一下，小成果小奖，大成果大奖。这种庆祝不仅会给你带来好心情，还会给你继续前进的信心和动力。比如你要在一周内读完一本书，如果你真的读完了，那么你就可以去买一点你平时舍不得吃的小零食来犒劳一下自己。但是，这种奖励必须发生在目标完成之后，而不是将要完成甚至刚刚开始的时候。

同学们，凡事预则立，不预则废。也就是说，做任何事都必须要有一个明确的目标，这样才能把事做好。现在我们正处在人生的起步阶段，确立好目标，系好人生第一粒扣子十分重要。只要我们朝着目标不断前进，就定能走向成功、走向辉煌。

【精神传承】

"不想当将军的士兵不是好士兵。"一个想要成功的人，必须要有明确的目标，并能将它分解成一个个切实可行的小目标。

有这样一个故事：

父亲带着三个儿子到草原上猎杀野兔。到达目的地后，在一切准备得当、开始行动之前，父亲向三个儿子提出了一个问题："你们看到了什么呢？"

老大回答道："我看到了我们手里的猎枪，在草原上奔跑的野兔，还有一望无际的草原。"父亲摇摇头说："不对。"

老二回答说："我看到了爸爸、大哥、弟弟、猎枪、野兔，还有茫茫无际的草原。"父亲又摇摇头说："不对。"

老三的回答只有一句话："我只看到了野兔。"这时父亲才点点头，说："你答对了。"

这个故事说明：明确的目标是行动的方向。

还有一个故事：

1968 年的某天，舒乐博士立志要在加州用玻璃建造一座水晶大教堂。他向著名的建筑设计师菲利普表达了自己的构思："我要的不是一座普通的教堂，而是一座人间的乐园。"

菲利普问舒乐预算多少，舒乐博士坚定地对他说："事实上，现在我一分钱都没有，所以对我来说，100 万美元和 400 万美元并没有区别。重要的是，这座教堂本身要具有足够的吸引力，能够吸引捐助者的到来。"

教堂最终敲定需要的预算是 700 万美元。这个数字不但超出了舒乐博士的承受能力，甚至也超出了他的想象范围，其他人也都对舒乐博士说"这似乎不可能"。

但舒乐博士却想出了一个化整为零的方法。他在一张纸上写下"700 万美元"，然后在这个目标下面写下：

（1）找 1 笔 700 万美元的捐款；

（2）找 7 笔 100 万美元的捐款；

（3）找 14 笔 50 万美元的捐款；

……

（9）找 700 笔 1 万美元的捐款；

（10）卖出教堂 1 万扇窗户的署名权，每扇 700 美元。

在这神奇的小目标的作用下，舒乐博士历时一年多便筹集到了足够的款项。据说，水晶大教堂最后耗资 2000 万美元，但是在舒乐博士将这宏伟的目标化为一个个小目标之后，奇迹般地募集了足够的资金，让这个大教堂成为加州一处独特的风景。

这个故事说明：有了明确的大目标后，还需要将这个大目标制定成一个个可以实现的小目标。

设定正确的目标不难，但要实现目标却不容易。如果目标太远大，我们会因为苦苦追求却无法达到而气馁。因此，将一个大目标科学地分解为若干个小目标，落实到具体的任务上也非常重要。舒乐博士的目标原本令人望而生畏，似乎无论如何都无法企及，但是将它化为一个又一个可实现的小目标时，却轻松完成了。我们在追求目标的过程中难免遭受挫折，但是因为每个小目标的实现，使得自己能够不断应对压力和挑战。

一个人如此，一个国家也一样。全面建成小康社会是党和国家到 2020 年的奋斗目标。为确保到 2020 年所有贫困地区和贫困人口一道迈入全面小康社会，国家实施了精准扶贫、精准脱贫方略，把全面建成小康社会这个大目标，化为千千万万个扶贫工作小组的小目标。为了实现这个小目标，扶贫工作小组跑遍了所驻村庄的每一扇门，蹲访了每一户的灶台炕头……因为有了如此强大的扶贫力量，小目标正在一个个变成现实，实现全面建成小康社会这个大目标也指日可待。

同学们，中国梦是每一个中国人的梦，每一个中国人都是中国梦的参与者和创造者。为了你的中国梦，请从今天起为自己制定详细的目标，然后，从小目标开始，一步步向你的梦想迈进，为实现中华民族伟大复兴的中国梦而努力奋斗。

社交篇

——做一个活泼开朗的少年

　　你们现在都是小树苗，品德的养成需要丰富的营养、肥沃的土壤，这样才能茁壮成长。现在把自己的品德培育得越好，将来人就能做得越好。要学会做人的准则，就要学习和传承中华民族传统美德，学习和弘扬社会主义新风尚，热爱生活，懂得感恩，与人为善，明礼诚信，争当学习和实践社会主义核心价值观的小模范。

——总书记寄语

心胸开阔，海阔天空

"海纳百川，有容乃大。"宽容是一种大度，可以容人之长，不去嫉妒；可以容人之过，不计前嫌。学会宽容，原谅他人的过错，让自己拥有一颗善良的心，戒骄戒躁，遇事冷静，凡事站在对方的角度想一想，推己及人。一位哲人说过一番耐人寻味的话：天空收容每一片云彩，不论其美丑，故天空广阔无比；高山收容每一块岩石，不论其大小，故高山雄伟壮观；大海收容每一朵浪花，不论其清浊，故大海浩瀚无垠！多一些宽容，多一份爱心，人们生活中就会多一份友谊，多一份温暖，多一份阳光。

【身边故事】

好朋友的争吵

　　小易和小伦做了六年的前后桌，下课后也总是喜欢腻在一起，可是有一天，他俩却发生了一些不愉快的事情。

　　那天，小伦浑身湿透了，哭着去办公室找老师告状，说小易欺负他。中午，老师将他俩都留下分别开导、教育了一番。这件事后，老师发现小易再也不和小伦玩了，曾经亲密的两人到底发生了什么？于是，老师单独问了小易原因。小易说："因为我觉得他不够哥们儿，弄坏了别人的东西，没有一句道歉，反而变本加厉，更可气的是'恶人'先告状！"

　　原来，那天下课后，小易照例先去上卫生间，等他回到教室后，发现他的书桌上一片狼藉，就像被"扫荡"过一般，一股无名之火立刻涌上他的心头。周围的同学说，这是小伦与另一个同学在座位上打架后的"杰作"，连带着影响了小易的座位。于是，他就去质问小伦。

　　而小伦还在气头上，不仅不认错，还狡辩说："我只是不小心，撞到一下而已，干吗这么小气？"小易心里的火气更大了，反驳他："你弄乱了我的桌子你就应该收拾！是你没素质！"说罢小易生气地端起水杯用水泼小伦，于是小伦也端起水杯回击了小易，并拿起小易的笔袋狠狠地摔在地上。笔袋里的铅笔应声而断，就连刚买的修正带也都摔烂了，情急之下，小易又用水泼了小伦。小伦的衣服很快湿透了，于是就有了小伦哭着去办公室找老师告状的一幕。

老师对小易说："上星期，老师去医院探望病人，碰到小伦的爸爸也在住院治疗，由他的妈妈陪护。小伦的父母对他的陪伴很少，他经常独自一人在家，你知道吗？"小易愣住了，不由得同情小伦，两人一起玩耍的画面浮现在他的脑海。老师接着说："同学之间一点小摩擦尚可原谅，何况是好朋友呢？说不定朋友遇到什么困难了呢？心胸大度的人，除了能控制自己的情绪以外，能看到更多东西哦。"

小易想起过去的日子，他对小伦的了解甚少，从来没有问过他的家庭情况，原来小伦心中有这么多的委屈，所以才会和同学吵架。而作为他的好朋友，不但没有关心他为什么和别人争吵，是否受了欺负，反而一味地指责他。

以前总是回过头来叽叽喳喳和小易开着各种玩笑的小伦，现在除了传递作业和试卷，已经不再回头和小易说话了，他和左右的同学打得十分火热。小易心里十分难受，不知如何是好。

❀ 小易和小伦这样做对吗？你有什么好建议呢？

一次竞赛

妮可和我从小就很喜欢画画，后来我俩在一家画室认识，共同学习，既是朋友又是惺惺相惜的对手。在老师和同学们的口中，我们一直被称为"天才"。从小到大，我们的画作已经拿过不少知名的奖项。

今年的大赛对于我们来说非常重要。这次大赛的举办方特地邀请到一位著名的日本画家，大赛的冠军不仅可以成为这位画家的学生，接受他的专门指导，而且有机会跟随这位画家去日本游学。

我们都非常希望能得到这次机会，因此都做出了最大的努力，私底下也在暗暗较劲。同学们也非常关心我们这次的作品，但他们也无法判断我们之间谁会拿到冠军，抑或谁会发挥失常，错失良机。

一天，我正在专心作画，妮可正打好热水回来，走过我身旁时，妮可脚下一滑，手中的杯子没有拿稳，杯子里的水"飞"向我的画作，开水还冒着热气，画上的线条和颜色已经氤氲开来，变得模糊不清。这可是我花了半个月才构思出来的画，今天刚完成初稿，是我的心血。我们俩都愣住了。妮可反应过来后，不停地向我道歉。看着被毁掉的画作，我急得眼泪都快出来了。大赛的截止日期快到了，我还能完成吗？"你说声道歉难道我的画就能回来了吗？"我朝着妮可大声怒吼，然后撕下我的画，冲出了画室。

坐在楼梯间看着我的画，我的眼泪终于掉了下来，心里的愤怒化作了对妮可的怨气和恨意。回到画室后，妮可已经不在了，想到她的画应该还在抽屉里，我控制不住我自己，慢慢走向了她的柜子，拿出了她的画，走到窗户旁，我的身体在发抖，可想到我那被毁掉的画，我就禁不住想要将它扔出窗外。

"住手！"这时，老师的声音出现在我的耳边。我回头一看，老师和妮可都在门口，妮可一脸不可思议地看着我，原来妮可去找老师帮忙了。"对不起，我知道你很生气，这位老师很厉害，在她的指导下，一定可以帮你复原你的画。"妮可并没有责怪我要扔掉她的画，反而又向我道歉。我有些无地自容。后来在老师的指导下，我高效地完成了第二份初稿，妮可也毫不吝啬地给我提了很多意见。在大赛前，我满意地完成了我的作品。

❉ 假如上述故事的主人公是你，你会怎么做呢？

家长扫码获取

社交技巧音频
家长课堂音频

【成长启示】

生活中难免会碰到各种各样的意外，以上两个故事中的主人公碰到的意外都可能会发生在我们的身边。如果碰到这种情况的人是你，你会怎么处理呢？

因为一次争吵和打架就失去一位朋友，是非常可惜的。想想看，好几年培养的感情，在顷刻间化为乌有，人和人之间的感情因为"小肚鸡肠"而变得如此脆弱。因为一次意外的滑倒，就要故意去毁掉别人的画作，冤冤相报何时了？报复心是我们进步的桎梏，只有积极寻求解决问题的办法，才能形成良性循环。

第一个故事的主人公在面对自己一片狼藉的课桌时，第一反应是去质问自己的朋友，而小伦也在气头上，两人毫无解决问题的想法，最终的结果就是互相撒气，使两人的友谊破裂。如果主人公在得知朋友和其他同学吵架时，能首先关心朋友为什么和别人起了冲突，是朋友的不对，就应该及时指正；如果自己的朋友受到了不公正的对待，也应该安慰朋友，挺身而出为朋友说话。而小伦在打架时撞翻了朋友的课桌，是自己造成的，也应该在见到主人公时及时道歉，并在道歉后帮忙收拾。但谁都有控制不住自己情绪的时候，当这一切发生了以后，主人公也为自己的不大度而感到后悔和自责。作为主人公曾经亲密无间的朋友，小伦应该也非常后悔，只是两人都碍于面子而不愿意退让一步，导致两人的关系止步不前。

在人际交往中，待人处事的态度往往决定了别人对自己的态度，因此，你若想获取他人的好感和尊重，必须首先尊重他人。每个人都有强烈的受人尊敬的愿望，爱面子是人们的一大共性。在学习上，如果你不小心，很可能在不经意间说出令同学尴尬的话，表面上看他也许只是脸面上有些过不去，但其心里可能已受到严重的伤害，以后，对方也许就会因为自尊受到伤害而拒绝与你交往。

这时正确的做法应该是先将面子放到一边，好朋友比面子更重要。有些人在和朋友吵架后，往往不愿意主动去找朋友和好，怕朋友不接受自己的好意。但作为曾经的好友，我们要相信，自己的朋友也是这么想的，只要你前进一步，你就会发现你的朋友在等着你。心胸开阔的人往往不会拘于小节，会珍惜自己的每一个朋友。

成功、自信的人往往宽容大度，不会为小事而斤斤计较。与你在同一水平线甚至某些方面不如你的人，很可能因为自卑而表现出极强的自尊，他的颜面是需要你细心呵护的。如果你能以平等的姿态与人沟通，对方会觉得受到尊重，因此对你产生好感。

第二个故事的主人公，在面对他人不小心的失误而使自己蒙受损失时，第一时间想到的是自暴自弃，甚至报复他人。两人都是夺冠的种子选手，在一次失误后，主人公的这种做法可能让两人都错失一次好机会。在面对自己画作被毁坏的情况下，第一时间做的应该是想如何补救，已经发生了的事实是我们无法改变的,责怪他人或许会让受损失一方情绪释放,但这对于结果于事无补。我们应该用一颗宽容的心来对待对方,心胸开阔往往也是一种智慧。妮可第一时间想到的是如何补救主人公的画作,去寻求外界的帮助,这是正确的做法。在看到主人公要扔掉自己的画时妮可也没有生气,而是把认识的老师介绍给主人公,顺利地解决了问题。妮可的态度影响了主人公,他觉得妮可是值得交往的好朋友。

俗话说"守好邻学好邻",选择朋友也同样如此。生活中多结交一些慷慨大度的朋友。你的周围一定会有这样的人,跟他们在一起,你会潜移默化地受到坦荡胸怀、恢宏气度的影响,学得他们待人接物、理事处友的方法。

生活中的误解常有发生,没有必要事事计较,更不要耿耿于怀。在遇到矛盾时,我们一定要学会宽容、谅解和关爱。以下几点对我们解决问题会有帮助。

No. 1 学会自我调适。

学会说"没关系"。发生不顺心的事或者遇到误解后,采用心理暗示的方式,对自己说"小事一桩"。并试一试推迟动怒的时间,每一次比上次多推迟几秒,久而久之,就可自我控制。

No. 2 学会理性反思。

学会自爱,提醒自己发怒时不要伤害自己,也不可伤害对方,否则会酿成严重后果。每当动怒时,花几分钟想一想对方的感受,试着换位思考。

No. 3　寻求外界帮助。

请你信赖的人帮助你梳理情绪，当你动怒时，及时给予提醒。

【精神传承】

明代思想家薛瑄曾说过："惟宽可以容人，惟厚可以载物。"世上没有不长杂草的花园，有杂草我们要学会修整，有摩擦我们要学会调和。当你能学会从他人的角度来考虑问题，就很容易做到宽容了。

▲　图为薛瑄画像。薛瑄，人称薛夫子，山西万荣人，"河东学派"的创始人。其修养很深，言行均成典范，主张向外求知，笃实践履

要求别人宽恕自己的过失，自己也应该这样对待别人。每个人心中都有两把钥匙，一把是打开宽容之门的钥匙，一把是打开自私之门的钥匙。如果是你，会选择哪把钥匙呢？

朋友之间，有和煦的春天，也会有萧瑟的秋天，有炎热的夏天，也会有寒冷的冬天。我们喜欢在春天赏花，喜欢在秋天采果，喜欢在夏天游泳，喜欢在冬天滑雪。一年四季都这么美丽，都这么迷人。同样的道理，我们既然能以愉快的心情宽容一年四季的变化，也就应该能以愉快的心情宽容我们身边的同学。

宽容不如我们的同学，不要讥笑他们，在需要时帮他们一把。宽容超过我们的同学，不要以偏狭的心理去嫉妒他们，把生活中的明媚阳光视为天经地义之事，满腔热情接纳他们，向他们学习，壮大自己。

宽容称赞我们的同学，不要以为称赞就是要窥探我们，会给我们带来什么麻烦，而应该把称赞看作激励，从而化为无穷的动力。宽容责备我们的同学，任何责备都是在提醒和帮助我们。一个真正恨你的人，会为你的堕落而鼓掌。有责备在旁，恰如有尺子在丈量我们的脚步，让我们走好每一步，不偏不倚，不急不怠，不犯错。

宽容和我们一样的同学，一起进步，共同发展，营造一片和谐的天地。宽容和我们不一样的同学，正如颜色不同的花朵一样可以点缀大地。上天不拘一格降人才，每个人都应该有自己的个性和特点，这样才能百花齐放，世界才会五彩缤纷。不要视异类为敌人，而要视异类为朋友。大千世界，形形色色，飞鸟、走兽、窜蛇、游鱼，都有存在的必要。

宽容对我们说真话的同学，有的同学也许会不合时宜、不分场合、不看对象地说些莽莽撞撞的话，但这些话都是真话。真话可贵，真言似金，我们只取他"真"的部分，不去计较那些表面的东西。宽容冒犯我们的同学，有时候他确实冤枉了我们，把别人对他的伤害迁怒于我们。那我们更应该冷静下来，用宽容来回应他们。当他把委曲与不平宣泄之后，再心平气和地和他讲清楚，这样既平息了他的怨气，又免除了他再迁怒于别人。

我们要学会允许别人发表错误的见解，谅解别人的一些过失，以豁达大度的胸怀处理同学之间的关系。不要以为宽容只是为了别人，其实也是为了自己不受伤害。因为，你学会了宽容，也就不会再受愤怒、嫉妒、怨恨的折磨，就不会因为别人的言论而影响自己美好的心情。

宽容是一种爱，爱自己，也爱别人。心中有爱，才有宽容。

用诚信对待身边的人

　　子曰："人而无信，不知其可也。"信任是架设在人心的一座桥梁，是沟通人心的一条纽带，是激荡情感的一根琴弦。在与他人交往中，人们都希望自己能给他人留下风度翩翩、彬彬有礼的好印象，但往往细节决定成败，生活中很多常见却又容易被忽略的行为是决定个人修养的关键因素。

得黄金百斤，
不如得季布一诺。

　　▲　古时候，有个叫季布的人很讲诚信，只要他答
　　　　应过的事，都会设法办到。司马迁在《史记》
　　　　中评价说："得黄金百斤，不如得季布一诺。"

信任的前提是诚信。诚信是一种力量，能够让一切卑劣与肮脏望风而逃；诚信是一种胸怀，能够让所有的人为之折服；诚信是一种境界，能够让我们走向伟大和崇高。诚信体现在生活的细节当中，甚至能决定一个人的成败。

【身边故事】

把太阳种进心里

无论你在做什么

请留住我们对生活和美的那份期许

有时命运的精彩在于你与他总是不期而遇——

第四次沙盘体验庄家展示环节，出于对每一个团队、每一位庄家的尊重，我们用"手心手背"和"点豆豆"的童年游戏抉择获得展示权的庄家。陈鑫意外入选。

之所以意外是因为平日里他不善言谈，课堂上几乎不举手回答老师的问题，而科任老师们对他也更多的是积极关注，放低要求，尊重其本身。

陈鑫被随机抽取成为庄家已经出人意料了，此刻他站在那里茫然不知所措，眼睛死死盯着沙盘，双手几乎要把拿在手里的话筒捏碎了……

这样的情形尽管大家司空见惯，但在这个当下，大家还是有些替他紧张。

原本离他有一段距离的我，几步跨到他身边，"试一试，这是命运给你的机会……"

陈鑫好像什么也没有听到，全场鸦雀无声，一秒、两秒、三秒……还是一动不动……

志愿者张晓燕老师来到他身边，温和地对他说："孩子，想说什么都可以……"

同组的队友们把目光投向他，每个人都安静地注视着他，没有一个人说一句埋怨的话，或者有一点不情愿的表情。就这样又持续了好一会儿，在我们都以为没有希望的时候，他居然开始讲故事了！

在场的所有同学、志愿者老师、家长们无不惊讶，他们保持了最友好的倾听。而此刻我的内心也澎湃起来，想象着在刚刚过去的这段时间里陈鑫走过了一段多么挣扎的心路历程，他的紧张、彷徨、恐惧……我仿佛感同身受。同时，我也深深地感受到他的伙伴对他的尊重、支持与陪伴。

那是一种无声胜有声的信任，一点一点激发了他的勇气……陈鑫的故事讲完了，大家不约而同地为他鼓起掌来。这一刻深深地打动了我。

这份信任不仅仅帮助了一个孩子，还唤醒了在场每一位见证者的爱心。

在分享活动感受的时候，很多孩子积极地谈到陈鑫的经历，他们获得的体验是：当你面对意外的情况时，最好的做法是勇敢地面对。而作为伙伴，最好的做法是给予朋友足够的信任、尊重、陪伴……就像《道德经》里讲的那样："信者，吾信之。不信者，吾亦信之。"真诚与信任是给予对方最好的爱。

【成长启示】

康德曾经说，这个世界上只有两样东西能引起人内心深深的震动，一个是我们头顶上灿烂的星空，一个就是我们心中崇高的道德准则。而今，我们仰望苍穹，星空依然璀璨清朗，而俯察内心，崇高的道德律令却需要我们在心中再次温习和呼唤，比如诚信。

诚信是一种不可忽视的力量，它可以把人们的心紧紧连在一起，相互理解，相互信任，相互关爱，相互负责；它还可以影响他人，帮助他人，拯救他人。如果故事中的陈鑫得到的不是别人的信任，不是伙伴们默默的支持，而是七嘴八舌的议论、嘲笑，试想他还能讲出故事来吗，还能赢得大家的掌声吗？

那么，如何做到诚信？

其实，诚信待人从诚信待己开始！而诚信待己始于悦纳自己！

悦纳自己，要学会全面认识自我。

"认识自我"是一道古老的人生哲学命题，有着深刻的内涵。只有认识自我，才能了解自身的优缺点，才能知道自己的优势与局限，才能扬长避短，找准自己的位置。要全面认识自我，可以通过"我的自画像"的方式，发现自己的独特之处，发现自己的潜力。对于正处于人生可塑阶段的青少年来说，全面认识自我有利于培养正确的人生观和价值观，有利于建立正确的生命观。

悦纳自己，要学会充分发挥自己的优点。

优点就是闪光点，就是与众不同的长处，就是生命中耀眼的光芒。学会充分发挥自己的优点，是一个人向前发展的动力。相信每一位青少年都有值得肯定的地方，只要及时捕捉并加以放大，都可以成为培养自信心的契机。

悦纳自己，就是给自己展示能力的平台，不放弃每一次锻炼的机会，积极参与各种实践活动，从而使自己的人际交往能力得到提高。良好的沟通，可以消除烦恼、缓解压力，保持积极阳光的心态，让生命焕发光彩。

悦纳自己，要学会接受平凡。

人生是一篇美妙的乐章，也是一段充满机遇和挑战的旅程。对于大多数人来说，一生都在平凡中度过，做着平凡的工作，过着平凡的生活。所以，悦纳自己，先要学会接受平凡。生命的精彩在于，在平凡的生活中不断挑战自我、努力成就自我，为理想而奋斗，为理想而付出持之以恒的努力。

悦纳自己，要学会勇敢面对困难与挑战。

成功不是随手可得的，它只会属于勇敢的挑战者。只有勇于面对困难，迎难而上，才能一步步实现人生愿望。河北衡水中学有一个"独门方法"，就是通过让学生每天进行自我激励，激发学生主动挑战学习困难的欲望，最终使很多学子考上了心仪的大学，创造了高考神话。

悦纳自己，要学会与人为善。

人的尊严无价。我们不仅要懂得尊重自己、尊重别人，还要与人为善。青年学子身处集体，免不了与他人进行交流，尊重别人就等于尊重自己。尊重别人，就要尊重别人的人格、喜好等，不轻易去伤害别人。善良是一种高贵的品质，与人为善是建立在彼此尊重的基础上的一种文明行为，这也是自信的表现。

通过悦纳自己，敢于展现最真实的自己，真诚坦然地与别人沟通，就会走进对方的心灵深处。李开复博士在写给青少年的《做最好的自己》一书中告诉我们，表现真诚的最好方法就是做一个真诚的人，没有什么可以掩饰真心和诚意。一个虚伪的人假装真诚，很容易就会被看穿，因为没有诚意的人不可能做到言行如一。真诚面对自己，真诚对待别人，以诚为信，以信为天，让诚信融入到我们的精神血脉之中，落实在我们的日常言行之处。

【精神传承】

有这样一个故事：

一个叫孟信的人，家里很穷，无米下锅，只有一头病牛。

一天他外出，他的侄子将牛牵到集市上卖了。孟信回来后非常生气，责备他的侄子不该把病牛卖给人家，并亲自找到买主将钱如数退还，牵回了自家的病牛。

孟信家境贫寒，但却坚守道德底线。他手中紧紧牵住的绝不是一头生病的黄牛，而是一条高尚的道德纤绳，它将一个人的人品、修养引入了纯洁的圣地。这就是诚信。

《扬子晚报》曾刊登过这样一条新闻：

安徽滁州一位50多岁的老农民来到南京，等他打算回家时才发现口袋里的钱买车票还差5元。他在南京举目无亲，在万般无奈之下，他向玄武区某民警借了5元钱。5元钱，也许谁也不会放在心上。但第二天一大早，这位农民就将5元钱给这位民警送来了。

这是一个很简单的故事，没什么曲折离奇、扣人心弦的情节，但它透露出来的质朴，折射出来的诚信，却是我们青少年所要学习的。

诚信是中华民族的传统美德，是社会主义核心价值观的重要组成部分，是个人乃至整个社会的基本道德要求，是我们所有人共同的期望。对个人而言，诚信是高尚品德；对社会而言，诚信是公序良俗。只要在人们心中树立起社会主义核心价值观，扎实践行社会主义核心价值观，哪怕是一件微不足道的小事都会让人觉得畅快、坦荡。

山西人的诚信品格贯穿古今。晋商位列中国历史上十大商帮之首，之所以能够在明清两代五百年间称雄全国乃至延伸商业版图至海外，除了当家人本身具有出众的谋略胆识外，还有一个很重要的原因就是诚信。他们信奉忠义的关公，把诚信当成祖训家风，传给后代的不是投机取巧的诀窍，而是厚道信用、不怕吃亏的"说老实话，办老实事，做老实人"的做人原则。就算商号破产倒闭，也要赔上自己的财产，把债务还清。可以说，诚信是晋商的一种文化，是骨子里从未断绝的血液。

作为新时代好少年，践行社会主义核心价值观就要将晋商的诚信文化融入到平常的学习和生活中去，真诚对待每一位同学，认真上好每一堂课，积极面对每一次考试，让诚信的种子，在我们身边生根、发芽、开花、结果。

▲　图为晋商文化符号

用爱心感染别人

　　"诚信立身，友善待人。"诚与善是人最基本的修养。因为诚信，我们的手紧紧相牵；因为友善，我们的心一起飞扬。

　　教养即修养，它通过一言一行表现出来。一个有教养的人，无论何时何地，无论人前人后，都会自觉遵守个人的私德和社会的公德，尊重和善待他人。诚如中国现代教育家陶行知所说："把自己的私德健全起来，建筑起人格长城来。"这样，我们就将满眼见阳光，处处享温馨。

【真实故事】

负荆请罪

渑池会盟结束以后，由于蔺相如功劳大，被封为上卿，位在廉颇之上。廉颇说："我是赵国将军，有攻城略地的大功，而蔺相如只不过靠能说会道立了点功，可是他的地位却在我之上，况且蔺相如本来是个平民，在他下面我感到羞耻，难以忍受。"并且扬言："我遇见蔺相如，一定要羞辱他。"蔺相如听到后，不肯和他相会。每到上朝时，蔺相如常常推说有病，不愿和廉颇去争位次的先后。没过多久，蔺相如外出，远远看到廉颇，就赶紧掉转车子回避。

▲ 负荆请罪

于是，蔺相如的门客就一起来直言进谏："我们所以离开亲人来侍奉您，就是仰慕您高尚的节义呀。如今您的官位在廉颇之上，廉老先生口出恶言，而您却一味地躲避他，您也怕得太过分了。平庸的人尚且感到羞耻，何况是身为上卿的人呢！我们这些人没出息，请让我们告辞吧！"

蔺相如坚决地挽留他们，说："诸位认为廉将军和秦王相比谁厉害？"

门客回答："廉将军比不了秦王。"

蔺相如说："以秦王的威势，而我却敢在朝廷上呵斥他，羞辱他的群臣，我蔺相如虽然无能，难道会怕廉将军吗？但是我想到，强大的秦国之所以不敢攻打我们赵国，就是因为有我和廉将军在呀，如今两虎相斗，势必不能共存。我之所以这样忍让，就是要把国家的急难摆在前面，而把个人的私怨放在后面。"

廉颇听说了这些话，就脱去上衣，露出上身，背着荆条，由宾客带引，来到蔺相如的门前请罪。他说："我是个粗野卑贱的人，想不到您是如此宽厚啊！"

二人终于交欢和好，成为生死与共的好友。

生活中有我们不喜欢的人和事，但没有比我们身份低、配不上我们的人。一个愿意善待世界的人，也一定会被这个世界温柔相待。

友善可以疗愈对方

"五月榴花照眼明，枝间时见子初成。"对于小学高年级的孩子来说，性成熟的现象会不可避免的次第出现在孩子们身上，尤其体现在女孩身上。

生理期是每个女孩都会遇到的现象，它是女性生理发育阶段的一个重要里程碑，是精神和心理活动的一次重大转变。面对这份突如其来的生命礼物，女孩们懵懂中更多的是羞怯、恐惧。特别是自己的这个小秘密如果意外被男同学发现了，那简直就是"灭顶之灾"！

班里小馨同学不幸"中招"，同桌小宇意外地发现了她的秘密，笑了她好一阵子。于是小馨的好姐妹们义愤填膺地声讨小宇，这个无辜又好奇的男子汉，转眼成为众矢之的……

事后小馨找到我，我们俩自然地聊到了这个话题。小姑娘居然侃侃而谈，时而会有几分自豪，但是谈到被同桌戏弄时又委屈地掉眼泪。

所幸的是自己学了十年的心理学助了我一臂之力。我把自己积累的生理学知识和盘托出，对她说："其实，女孩生理期很正常。作为女孩，生理期的到来是一份生命馈赠给你的礼物，你从此要告别懵懂，成为少女，要进入人生最美的花季……我为你的成长感到高兴。你每长一岁，父母都会从心

里为你高兴，为你庆祝。那么初潮也一样，是女孩成长中的
重要一步，值得所有人为你祝贺。"

小馨仿佛安心了，表情里有一丝丝喜悦和甜蜜。她兴致
盎然而又略显羞涩，时而瞪大眼睛听得入迷，时而羞涩地抿
嘴窃笑，后来居然哈哈地开怀大笑……

接下来我又约了小宇，和他聊了他的好奇和鲁莽，并且
告诉他：男孩子在这段时间也会有生理变化，比如变声。变
声是由于喉头的快速生长，声带拉长变粗形成的一种生理现
象，一般要经过两三年时间才会稳定。究竟什么时候开始变
声，什么时候结束，自己往往感觉不到。无论是男是女，生
理期的到来都是成长的表现，是正常的生命现象，每个人都
应善意对待，而不是借此来取笑对方……

不久以后，小宇找到小馨，为这件事真诚地说了声"对
不起"。小馨也坦然面对，不再为生理期的事情而羞涩、烦
恼。友善疗愈了双方，帮助他们快乐度过生理期。

【成长启示】

人的一生会碰到各种各样的人，我们不能期待每个人都
会如我们所愿，不同的人有不同的性格、不同的做事方法。
但正是这些不同的人，人生才会有各种精彩。当你善待别人
时，你会发现别人也正满怀善意地向你微笑；当你以粗暴的
态度面对别人时，你会发现别人也正向你挥舞拳头。

人生还会有许许多多来自别人的"对不起"。在班集体

中，有同学无意弄坏你的书本；在雨中行走，别人不小心溅了你一身泥水；在食堂吃饭，有同学不小心将菜汤碰翻弄脏了你的衣服；课间，有同学言谈间无意伤害了你……这些都需要你用友善的态度来对待。

那么，作为青少年的我们，在生活、学习中该如何争当"友善使者"呢？

首先，相互尊重，和睦相处。

与同学相处时，首先应该尊重他人的人格。每个同学都有自尊心和荣誉感，当他的人格得不到别人的尊重时，往往很伤心、很痛苦。有些同学不太注意这一点，常常在背后说别人的坏话，讥笑别人的短处，拌嘴时专门揭短，甚至侮辱、捉弄有生理缺陷的人，这些都是不尊重别人人格的表现。我们要善于发现对方的长处，善于听取对方的合理建议。

其次，乐于助人，关心他人。

助人是小事，又非小事——我们可以为不会做题的同学解答疑惑，可以为伤心失意的同学驱散忧愁。一句温柔的话，一个细小的动作，或是一封充满真情的书信，都可能给人带来宽慰，好比生命中关爱的阳光，既解他人之烦忧，又给自己带来快乐。只要心有他人，时刻为他人着想，你就能主动帮助他人，长此下去，你也会得到他人的关心和帮助。

再次，遇到矛盾，坦诚相待。

在与人交往中，不可能所有的人都像你的父母那样，对你宠爱、迁就，总会发生摩擦、冲撞。尤其青少年时期自我意识较重，发生矛盾在所难免。其实同学间发生矛盾，往往是因为一些学习、生活中鸡毛蒜皮的小事，有时就是一句话、一个眼神、一个小磕碰、一次小接触，或一次道听途说，许多时候还是误会造成的。面对这些矛盾，不要着急，冷静下来，先从自己身上找原因，看看是不是自己错了。是自己的错就要坦然承认，不能一味找借口指责对方，更不能挥拳相向，动手打人。可以找对方一起坐下来敞开心扉谈一谈，站在对方的立场上想一想，换位思考，这样就不会再苛求对方，更容易善待对方。

最后，必要时寻求帮助。

与同学产生了矛盾，如果我们不能用正确的方法处理，那么矛盾可能会进一步升级。所以，对于比较棘手、自己难以解决的问题，我们可以寻求家长、老师或是其他同学的帮助，请他们帮你出谋划策，让事情得到圆满解决。

朋友们，我们都希望生活在友好、友爱的氛围中，希望自己的周围充满善意、善良、善举。这就需要我们从自己做起，从小事做起，以友善的态度与身边的人相处。相信每位少年都会成为"友善使者"，社会开遍"友善之花"！

【精神传承】

在安徽桐城，有一个小巷子只有六尺宽（1 尺 = 0.333 米），上面写着"六尺巷"。邻里之间闹矛盾，从巷子这头走到那头就和好了；两口子吵架，从巷子这头走到那头就和好了；兄弟之间不和睦，从巷子这头走到那头就和好了。这个巷子为什么这么神奇？

据《桐城县志》记载，清康熙年间文华殿大学士、礼部尚书张英的家人与邻居吴家在宅基地的问题上发生了争执。两家大院的宅基地都是祖上的产业，时间久远了，本来就是一笔糊涂账。两家人公说公有理，婆说婆有理，谁也不肯相让一丝一毫。由于牵涉到尚书大人，官府和旁人都不愿沾惹是非，纠纷越闹越大，张家人只好飞书京城把这件事告诉张英。

张英阅过来信，释然一笑，挥起大笔写道："千里修书只为墙，让他三尺又何妨。长城万里今犹在，不见当年秦始

▲　六尺巷

皇。"然后交给来人，命他快速带回老家。家里人一见来信，意思很明白，主动在争执线上退让了三尺。邻居吴氏一家很受感动，也把围墙向后退了三尺，两家的争执很快平息了。就此，两家之间空了一条巷子，有六尺宽，有张家的一半，也有吴家的一半。村民们可以由此自由通过。六尺巷由此得名。

张英的友善让"六尺巷"的故事被广泛传颂，至今依然带给人们不尽的思索与启示。

友善是中华民族的传统美德，它能够让别人如沐春风，能够让人与人之间的关系和睦，能够减少很多摩擦和不必要的麻烦，有助于社会团结、和谐。我国传统文献中有大量关于友善思想的论述。如《论语·学而》中说，"礼之用，和为贵"，强调以一种和谐友善的态度来对待自然、社会和他人，以一种宽广的胸怀来处理各种关系。

在社会主义核心价值观中，友善是待人接物的基础，体现了社会主义价值体系生活化、大众化，它在缓和社会张力、调整社会心态、营造社会和谐的实践中具有基础性地位。无论你身处哪个阶层、从事哪个行业，都应自觉践行社会主义友善观。

习近平总书记在与北京大学师生谈社会主义核心价值观时强调：修德，既要立意高远，又要立足平实，得从做好小事、管好小节开始起步。"友善"品质的培养要从小事做起。微笑着打招呼人人都会，但常常被人们所忽视。殊不知就是这些"细枝末节"蕴含着品德内涵，体现了一个人的修养德行。面带微笑，笑脸相迎，内心必定充满阳光。当我们把内心的友善变成一个简简单单的微笑的时候，人与人之间的距离拉近了，心情也会变得愉悦起来。见人微笑的人定是满怀善意、心地善良的人，在他的心中不是只有自己，而是还有他人。心有他人，就不会自私，他会在推弹簧门之前回头看看后面是否有人；他会在登自动扶梯时站在右侧，把左侧留给有急事的人……这便是在践行社会主义友善观时我们能够做的小事。

高山山顶立，深海海底行，再高远的目标，再宏伟的理想，也需要脚踏实地，需要一步一步从小事做起，从友善做起。很庆幸，我们生在这样一个幸福的国度，遇到这样一个伟大的时代，那么，就让我们一起努力，为实现中华民族伟大复兴的中国梦而努力奋斗。

绽放最美的自己

　　每个孩子都是落入人间的天使，每个天使都有一双自信飞翔的翅膀，那双翅膀会带我们飞到世界的任何一个角落，去看世界上最独特的风景，去享受最温暖的阳光。而我们终将要承认和接纳自己的不完美，因为那是人生的一部分。在生活中，我们要真诚而大胆地与他人交往，要充满自信、要拥有阳光、要带上朝气，在每一个日子里我们都要抬起头对着世界微笑，在青春年华中绽放最美的自己。

【身边故事】

不必烦恼，你是最好

琪琪今年六岁了，长得水灵灵的样子很惹人喜爱。她有一个既温暖又和睦的家庭，有着爱她的爸爸妈妈，全家人的爱包围着她。

但是自从弟弟出生后，家里似乎也在不知不觉中发生着改变，父母有意无意地将注意力放在了弟弟的身上。琪琪想看电视，但是父母出于对她视力的保护，坚决不同意，可是弟弟只要一哭闹，父母二话不说就打开了电视。久而久之，琪琪慢慢接收到一个信号，那就是只要她想得到一样东西，想去做一件事情，就会以"弟弟"的名义去要求父母，因为琪琪"意识"到了只要是弟弟想要的，父母都会同意。

每到家庭聚会的时候，很多人都聚焦在这个年纪尚小的弟弟身上，大人们轮流抱着弟弟，夸奖这个小机灵鬼，可是唯独忽视了已经渐渐长大的琪琪。这时候琪琪就开始大喊大叫，站在大人们中间去展示自己的本领——唱歌、舞蹈。她想以这种方式来引起大家的注意，让人们注意到她的存在。

晚上入睡，琪琪更是要求妈妈的位置在中间，弟弟和她则依偎在妈妈的两旁。可是妈妈总是先哄弟弟入睡，不知道多少次把后背留给了琪琪。等妈妈扭过头来给她讲故事的时候，她却早已安然入睡。琪琪经常问父母一个不变的问题：

"在我和弟弟之间，你们最爱谁?"每当遇到这样的问题，父母总是不假思索地回答："当然是最爱你啊!"然而在琪琪的世界里，她认为大人们的眼里只有弟弟，没有自己，而她只是弟弟的姐姐。

琪琪不但在家里产生了这种感觉，而且在学校她的周围也发生了变化。上了小学一年级以后，她变得胆小，变得不再自信，变得不敢与他人交往，做事总怕别人说她做的不是最棒的。在学校，课间操总能看见她一个人玩耍的身影。琪琪变得很孤单，看着大家三五成群地在一起玩耍，她很是羡慕。每当小伙伴们叫她一起玩耍的时候，她甚是高兴，但是在角色扮演游戏中，她只能扮演"孩子"，而对于她热衷的角色"妈妈"，永远也轮不到。记得有一次小伙伴们邀请她扮演"孩子"，琪琪说出了自己真实的想法，她对同伴说："这次能让我扮演'妈妈'吗?""那可不行，你个头低，又那么瘦，不能演。"小伙伴们义正词严地拒绝了她的提议。为

了能和小伙伴们在一起玩耍，琪琪又一次扮演了"孩子"。第二天为了能让自己扮演"妈妈"，琪琪给小伙伴们带了几样新颖的文具，小伙伴们高兴得合不拢嘴，这一次不用说，琪琪如愿以偿地扮演了"妈妈"这一角色。可是这样的"礼物"不是每次都有，在没有"礼物"赠送的日子里，她又变成了"灰姑娘"，又去扮演她最不乐意的角色——"孩子"。

> ❀ 琪琪现在很是苦恼，难道父母不爱她了吗？她不知道如何正确地跟小伙伴们表达自己的诉求，她怕和大家说出想法后又被拒绝，难道真的只能这样了吗？难道她就不能自信地与他们交往？假如你是琪琪，你会怎么做呢？

【成长启示】

　　每个小伙伴在成长中都会遇到各种各样的烦恼，无论遇到什么样的烦恼我们都不必过分担心，因为这都是我们成长道路上的一道风景。

　　琪琪的烦恼大家已经知道了，它的根源其实是因为在家庭中被忽视，从而导致她的不自信。那么在生活中，我们应该如何避免这样的现象呢？

从家庭方面考虑：

一是要建立温馨和睦的家庭氛围。

家有俩娃会牵扯父母的很多精力，加上父母还要忙于工作，难免压力过大。一旦碰到孩子的不满情绪等情境，父母要避免自己的情绪失控，以免破坏家庭的温馨氛围，同时也避免给孩子一个不良的示范，以防孩子通过欺辱弱小来转移自己的消极情绪。

二是要给予孩子公平的爱与尊重。

无论什么年龄、性别，爸爸妈妈从孩子一出生就要给予他们平等的爱，做到不溺爱、不偏爱。平时家长都要花时间单独陪伴孩子，与每一个孩子单独相处的机会要均衡，让孩子知道，他们都是爸爸妈妈最疼爱的孩子。

从琪琪自身考虑：

一是要学会勇敢表达自己的想法。

我们深信，世上有一种天生就很率真的人，他们清楚自己内心的感受，也勇于表达自己的想法，勇敢追求自己内心真正想要的东西。他们敢爱敢恨，不会压抑自己的想法，活得认真而热烈。

我们每个人都是独立的个体，都有表达自己想法的权利，不能因为害怕、胆小而在与人交往中，放弃自己的想法，一味地顺从他人，最后变得连自己想要什么都忘记了。勇敢地表达自己的想法，别人会更尊重你。

对于别人提出的意见或建议，我们觉得不合理，可以拒绝。不要怕这样就会失去朋友，不要以为一味讨好别人，别人就会更喜欢你。请记住，我们要有自己的想法，要勇敢地对别人说"不"。

二是要学会发挥自己的长处。

首先，要充分自信地认可自己的优点。每个人都有自己的优点、自己的长处，我们要把它视为珍宝，并且要坚信这就是自己的力量。

其次，要在恰当的活动中运用自己的优点。在班级活动中，有需要我们发挥自己长处的地方，需要展示自己的时候，我们要毫不犹豫地表现自己。

再次，多交朋友，与其共享你的优点。我们要主动和身边的同学交朋友，通过交谈和活动，让他们熟知你的优点。

最后，用你的优点帮助身边的人。在与同学交往中，我们要有一颗善良的心，用我们的优点去帮助那些需要帮助的人，从而让我们变得更有力量，变成一个传播正能量的人。

【精神传承】

有时候我们可能会怀疑自己是不是很笨，身边有很多聪明的同学，为什么他们学起来一点儿都不累，而且成绩还很好；自己学得这么辛苦，却始终和他们有差距。其实，我们只要仔细观察，就会发现，那些聪明的小伙伴，他们都有共同的特点，就是自信。他们在课堂上，会大胆地提出问题，并且在老师提问的时候会勇敢地举起自己的手。而对比我们，多少次由于担心自己会出错，而错失了展示自己的好机会。其实，并不是我们不知道问题的答案，只是由于我们缺少"自信"这个朋友。

自信的人有坚定的目标和执着的追求，并且在任何情况下都会不动摇。自信的人有坚定的信心和勇气，无论前进的道路多么坎坷，任务多么艰巨，都不会退缩。我国著名的数学家华罗庚在读小学的时候，学习成绩并不好。因为成绩不好，甚至小学都没有拿到毕业证，只拿到一张修业证书。读初中一年级的时候，数学还是经过补考才及格的。所以，同学们都讥笑他，叫他"废物"。但是同学们的嘲笑并没有使华罗庚灰心，他暗暗下决心：一定要学好数学。他也一直相信自己能够学好数学。信心树立起来，就会产生无穷无尽的力量。他知道自己并不比别人聪明，就用"勤能补拙"的办法：别人学一小时，我就学两小时。最后，他终于成为我国著名的数学家。

自信是一种信念，是成功的源泉。一个人如此，一个政党、一个民族、一个国家亦是如此。作为中华民族的一分子，我们不仅要对自己有信心，还要对政党有信心，对国家有信心，对民族有信心。

2016 年 7 月，习近平总书记在庆祝中国共产党成立 95 周年讲话中指出："当今世界，要说哪个政党、哪个国家、哪个民族能够自信的话，那中国共产党、中华人民共和国、中华民族是最有埋由自信的。"

自中华人民共和国成立以来，全国上下同心协力取得了举世瞩目的成就：成为世界第二大经济体，"两弹一星"成功发射，世界最大球面射电望远镜中国"天眼"成功安装，高速公路的通车里程达到 14.4 万多千米，高铁技术世界领先，人均寿命从中华人民共和国成立前的三十五岁达到六十五岁等。事实证明，只有中国特色社会主义才最适合中国。

少年兴则国家兴，少年强则国家强。青少年是民族的希望、国家的未来，是推动社会发展的主力军。当今的中国，比历史上任何时期，都更加接近中华民族伟大复兴的目标。很幸运，我们能亲身参与这一历程，肩负起历史赋予我们的重任。我们要相信我们的道路，相信我们的制度，相信我们的理论，相信我们的文化，团结一心，按照习近平总书记对青年人的要求，志存高远、德才并重、情理兼修、勇于开拓，认认真真学好本领，早日实现中国梦。

安全篇

——做一个遵纪守法的少年

　　要树立正确的世界观、人生观、价值观，掌握了这把总钥匙，再来看看社会万象、人生历程，一切是非、正误、主次，一切真假、善恶、美丑，自然就洞若观火、清澈明了，自然就能作出正确判断、作出正确选择。

——总书记寄语

安全，从点滴开始

随着经济的发展，社会的进步，马路上车辆川流不息的景象随处可见。汽车以其便捷、快速、高效等特点成为人们出行最常见的交通工具。大家在享受汽车带来的便捷的同时，也不能忽视交通事故带来的危害。它破坏了人们幸福、安宁的生活，给许多家庭带来了无法抹去的阴影。

作为新时代社会主义的接班人，交通问题一直是我们心中紧绷的那根弦，丝毫不能松懈。我们要从点滴开始，提高安全意识，学会自我保护。

【身边故事】

校门口

"丁零零——"放学铃声响了,安静的校园逐渐活跃了起来,学生们背着书包,排着整齐的队伍走出校园。校外,已有很多家长在等待着他们的孩子。除了家长接送外,也有一部分孩子是乘坐公交车回家的,这不,郭小磊就是其中一员。只见他匆匆跑出校门,像一枚刚发射出的小火箭,只因他想赶上最近一班公交车,好尽早回家看喜欢的动画片。然而公交车站离小磊还有一条马路之隔,为了节省时间,他决定忽略刚刚变成红色的交通信号灯,于是小磊向上提了提书包,准备迈步穿过马路。没想到自己刚迈出一只脚,胳膊就被别人给拉住了。小磊气不打一处来,想看看到底是谁让自己的"计划"泡汤了,一转头就碰上了一双熟悉的眼睛,原来是班长张宁宁:"你怎么闯红灯啊?那样很危险啊!""切——"小磊不以为然,努力挣脱了张宁宁,"没事没事,我已经这样过马路好几次了,从来没有遇到过什么危险。这样还能比他们快一步呢。要不,我带着你一起试试吧!""我……我……""真是个胆小鬼,我先去等车喽……"说完往马路对面跑去,边跑还边摆了摆手。"哎——郭小磊,郭小磊,你等等啊!"张宁宁气得直跺脚,不知该怎么办。如果是你,你会怎么做呢,请你帮帮张宁宁。

公交站

放学后的公交站台是孩子们的另一个情感交流平台，他们在这里交流一天中各自班级发生的新鲜事，说说今天又有什么收获，分享一下各自的秘密，小小站台洋溢着独特的快乐，大家边笑着交谈边等待着公交车的到来。明明爱不释手地抱着今天刚买的足球也加入了等公交车的队伍，等着等着，他便有些不耐烦起来："公交车什么时候才来啊？"嘴里不停地嘟囔，探着身子找寻着公交车的身影，甚至跑到了马路中间。

在几次的"无功而返"后，明明泄气地放下足球："太慢了，我先玩会儿球吧。"他边自言自语边把球踢来踢去。明明旁边的强强马上被足球吸引了，他试探着问明明："我能和你一起踢球吗？""好吧，反正我一个人踢也没有意思。"就这样，两个人就在公交车站踢起了足球。不一会儿，又吸引了几个小"球迷"，大家你追我赶，玩得不亦乐乎，仿佛这里已经不是那个小小的公交站台，而是挥洒汗水的绿茵场。终于，不知是哪位球员"马失前蹄"，不小心把球踢到了马路中央。"我的球！"明明大喊一声，不假思索地要去捡球，忘记了这里其实是车辆川流不息的交通要道。"小朋友！""明明！""小心！"伴随着急切的呼喊声的是巨大的刹车声，在大家焦急而担心的目光里，明明抱着球惊魂未定地站在那里，而在他面前仅一米的地方，停着一辆汽车，地上留下两道深深的刹车印。

✿ 假如故事中的主人公是你，你会怎么做呢？如果你是明明的同学，又会怎么做呢？

【成长启示】

上面的两个故事真实发生在我们的身边。我们的同学、朋友中不乏"小磊"和"明明"这样的身影，他们没有意识到交通安全的重要性，也没有预估到后果的严重性，稍有不慎，后果便不堪设想。为了大家的安全，需要我们每一个人都行动起来，人人都是"安全督察员"，人人都是"安全宣传员"。

上述第一个故事中的小班长张宁宁拦住小磊的做法是正确的。红灯短暂而生命长久，小磊为了赶公交车而闯红灯，不仅违反了交通规则，而且影响了交通秩序，更严重的是会影响他人和自己的生命财产安全。故事中，他不仅不听劝告甚至提出了要和班长一起赶时间闯红灯过马路，说明他的安全意识淡薄，这就急需他人的提醒和阻拦。此时，张宁宁应该再次劝说小磊，最好可以举例子、摆事实，让他意识到闯红灯的危害。如果小磊还不听劝阻的话，可以向周围的大人求助，请他们帮忙阻止小磊的危险行为。

上述第二个故事中明明的做法也是极其危险的，他无视来往车辆，到马路中间探寻车辆，甚至在站台上踢足球。马路边不是踢足球的场所，如果想玩，可以去公园或者足球场。在公交站台上踢球极易发生交通事故，因此在公交车站等车时必须遵守交通规则，严禁追逐打闹，按秩序上下车。故事里明明的足球不小心被踢到了马路中央，这时千万不要跑到马路上去捡球，而要等球滚到马路边或者请周围的大人帮忙。

少年儿童是祖国的未来，民族的希望，要切实提高全民的安全意识，抓好中小学生的安全教育就显得尤为重要。有专家指出，通过安全教育提高我们小学生的自我保护能力，80%的意外伤害事故是可以避免的。因此，作为小学生，我们应该做到：

首先，要认真学习交通安全法律法规，认识交通标志。

不能任意损坏交通标志，或在上面乱涂乱画，一定要遵守交通安全规则，加强安全意识，树立交通安全文明公德。

（一）交通标线

马路上，用漆画的有色线条就是"交通标线"。道路中间长长的黄色或白色直线，叫"车道中心线"。它是用来分隔来往车辆，使它们互不干扰。中心线两侧的白色虚线，叫"车道分界线"，它规定机动车在机动车道上行驶，非机动车在非机动车道上行驶。在路口处有一条白线，是"停止线"。红灯亮时，各种车辆应该停在这条白线内。马路上由斑马纹那样的线条组成的长廊就是"人行横道线"，行人从这里过马路比较安全。

▲　人行横道线

（二）交通信号灯

在繁忙的十字路口，四面都悬挂着红、黄、绿三色交通信号灯，它是不出声的"交通警"。红绿灯是国际统一的交通信号灯。红灯是停止信号，绿灯是通行信号。交叉路口，几个方向驶来的车都汇集在这儿，有的要直行，有的要拐弯，到底让谁先走，这就要听从红绿灯的指挥。红灯亮，禁止通行；绿灯亮，可以通行。我们要牢记交通安全儿歌："红灯停，绿灯行，黄灯亮了等一等。"摈弃一切侥幸心理。

其次，过马路时，要时刻保持清醒的头脑。

我们上学读书、放学回家、节假日外出时，走在人来车往、交通繁忙的道路上时，要遵守交通规则，增强自我保护意识。走路要走人行横道，在没有人行道的地方，应靠道路右侧行走。走路时，思想要集中，不要东张西望，不能一边走一边玩耍，不能一边走一边看手机，不能三五成群并排行走，不能追赶车辆、嬉戏打闹，更不能在马路上踢球、溜冰、放风筝、做游戏等，一旦被来往车辆撞倒，后果非常严重。

再次，要多一分谦让与耐心，少一分焦躁和不安。

过马路时，一定要走人行横道，绝不能为贪一时之"快"，横穿马路。有的同学认为横穿马路没关系，反正驾驶员会刹车的。但是，汽车不是一刹就停的，由于惯性作用，刹车后车还会向前滑行一段距离，这就是惯性作用。就像人在奔跑中，突然停下来，还会不由自主地向前冲出几步一样，何况还存在个别驾驶员注意力不集中、刹车不及时等情况。所以，横穿马路是十分危险的，不少交通事故就是因为行人乱穿马路造成的。血的教训我们应该引以为戒。

有人总是喜欢在汽车前、后急穿马路，这也是很危险的。驾驶员眼睛看不到的地方，被称为"视线死角"。要是有人在车前车后驾驶员眼睛看不到的"视线死角"内急穿马路，很容易造成交通事故。所以我们横穿马路前要注意来往车辆，先向左看，后向右看，确保没有往来车辆时才可穿过马路。有人行横道或人行天桥时，首先选择从这两处地方过马路，这样才比较安全。

最后，要向身边的人宣传交通安全的重要性。

力争做到"小手拉大手"，让安全意识真正融入我们的生活，融入我们的内心。

【精神传承】

春种一粒粟，秋收万颗子。少年儿童是祖国的花朵，未来的希望。为加强对中小学生的安全教育，提高全民安全素质，1996 年 2 月，国家六部委联合发出通知，把每年 3 月最后一周的星期一定为"全国中小学生安全教育日"，建立全国中小学生安全教育制度，敦促安全教育工作的开展。可见，中小学生安全教育非常重要，也非常必要。

加强中小学生的安全教育对国民整体认知水平的提高具有重要意义，也能表现出一个国家的发展程度和文化水平。一个对中小学生普及交通安全教育的国家是让人敬佩的，相反，没有对国民进行交通安全教育的国家是让人担忧的。一个国家对中小学生进行交通安全教育，不仅可以降低交通事故的发生率，同时，也能提高国民的文化素养。

　　社会主义核心价值观是精神文明建设的基石，它作为一种文化软实力，是文化建设的重点，要依靠人们内在的道德规范来约束个体的行为。加强中小学生交通安全教育，提高中小学生的安全意识，也是践行社会主义核心价值观的一个方面。让孩子们从小树立正确的价值观，从小养成遵守交通规则的习惯，不仅有利于学生的身心健康、学校的正常教学活动，还有利于学生家长的工作和生活，进而有利于整个社会的文明与和谐。

　　人生是珍贵的，人生也是多彩的，关键就是选好道路，就像习近平总书记说的"人生的扣子从一开始就要扣好"。安全是一切行为的前提和保障，我们要从小树立安全意识，努力践行社会主义核心价值观，齐心协力，从点滴做起，让美好梦想从安全开始。

对校园欺凌说"不"

校园欺凌，是青少年成长过程中必须要面对的一个沉重的话题。校园，是培养人的地方，是文明的殿堂；校园，本该是一方净土！然而，近年来常有校园暴力事件的发生。不少同学总是"出口成脏"、恶语伤人，有些同学甚至横行霸道，喜欢用暴力解决问题，欺负弱小，甚至打群架，这些现象给宁静的校园蒙上了一层阴影。

青少年是家庭的希望，是祖国的未来，没有哪个父母愿意让自己的孩子受到欺凌，也没有哪个父母希望自己的孩子成为欺凌别人的人。

现阶段，作为一名青少年，我们的人际关系主要是亲子关系、师生关系、同学关系。随着年龄的增长，同学关系越来越被我们所看重，进而产生了与家人分离、亲近同伴的需要。

研究显示，青春期的孩子在遭遇同龄人排斥时与生存受到威胁时的大脑反应非常相似……

【典型事例】

事例一

陶某某是某中学八年级（3）班的一名学生，2016年六一儿童节，他选择用一种极端的方式结束了自己年仅十五岁的生命。

临死前，陶某某留下了三封血字遗书。遗书中，陶某某讲述了被同学欺凌的种种遭遇，要求他拿饭盒、打开水、洗饭盒、倒洗脚水，甚至遭同学殴打。

从这三封遗书可以看出，陶某某痛恨欺凌他的几名同学，由于长期受到欺凌，不堪侮辱，所以选择轻生。

事例二

2015 年 6 月 8 日，十六岁的某中学九年级学生小黄，在结束语文科目考试后，腹痛难忍，这才向父母道出了一个藏了四年多的秘密：自小学五年级起，他就经常被其他同学无故殴打。6 日晚，小黄再次遭同班同学夏某、林某和张某围殴，忍痛坚持了两天。小黄被送医院后，医生发现他的脾脏出血严重，于 11 日晚经手术切除了脾脏。

事例三

2011 年 9 月的一天，在某校大门外 50 米的拐角处，高二某班詹某伙同本班五名同学对高一某班李某进行群殴，致使李某门牙脱落两颗，身体多处受伤住院。

后经学校政教处调查，两位同学的矛盾源于当天中午在学校食堂打饭时李某插队，詹某上前阻止，李某不听劝告，两人在食堂内发生了口角。詹某回到班里以后，将事情告诉班上的其他几位男生。大家商议之后，决定下午放学的时候在校门口堵住李某，好好教训他一顿。于是就有了詹某等五位学生群殴李某的暴力事件。

家长扫码入群

获取安全教育视频
听家长课堂音频

❈ 假如你是事例中的受害者，你应该
怎么做？

【成长启示】

什么是校园欺凌

校园欺凌是发生在学校校园内或放学途中，他人蓄意滥用语言、躯体力量、器械等，对学生的生理、心理、名誉、权利、财产等的侵害行为，其主要表现是身体强壮的学生欺负弱小的学生，令其在心灵及肉体上感到痛苦。校园欺凌通常都是重复发生，而不是单一的偶发事件。有时是一人欺负一人，有时是多人欺负一人。通常欺负者不觉得自己不对，受害者因怕事而默默承受，不敢反抗和告发欺凌者。因此，恶性循环导致受害者的身心备受煎熬。

一般来说，没法融入群体，性格内向、孤僻的学生更有可能成为被欺凌的对象。还有一些相对弱势的群体，如残疾人、瘦弱的女孩子、单亲家庭的孩子等也容易被其他人欺负。

校园欺凌的主要行为表现包括：

（一）打：打架、斗殴。

（二）骂：侮辱、中伤、讥讽、贬抑受害者。

（三）毁：损坏受害者的书本、衣物等个人财产。

（四）传：网上传播谣言，进行人身攻击。

（五）吓：恐吓、威胁、逼迫受害者做其不愿做的事。

校园欺凌对青少年的危害主要有以下几点：

（一）使受害者厌学，学习效率下降。

（二）影响班集风气。学生比的不是学习，而是拳头、地位。

（三）人格变得扭曲。当学生受到无端欺辱时，其他同学由于害怕报复，不敢挺身而出主持公道，正义感被泯灭。

（四）引发恶性事件。由于多次受到欺辱，受害者心理压力过大，甚至产生报复心理，小则找人打击对手，大则置人于死地。

敢于面对校园欺凌

面对校园欺凌，我们要怎么做呢？

秘诀一：得饶人处且饶人。

宽容就是人与人之间相处时能充分地理解他人、体谅他人。同学们生活在一起，产生一点摩擦是正常的。在平时生活中，应该学会说"对不起"。你可别小看这三个字，它的作用可大了，在处理同学关系时有着神奇的效果。当矛盾发生后，不要斤斤计较，应该让矛盾迅速化解，也就是人们常说的"退一步，海阔天空"。所以，我们应该学会宽容待人，得饶人处且饶人，使自己的周围充满欢乐。

但是宽容不是无原则的饶恕和纵容。当你发现别人或自己受到欺凌时，应该及时寻求家长、老师甚至警察的帮助，用正确的方式处理冲突，把"校园欺凌"转化为"校园和谐"。

秘诀二：文明制止对方。

如果欺负仅仅是口头上的，可以不必理会那个侵犯者。有时候，侵犯者在得不到回应或是被欺负者并未因此而担惊受怕的情况下，他们往往会失去兴趣，事情就过去了。如果这种情形继续发生，就要用文明的方式（如约他坐下来谈谈，给他写一封信等）告诉对方，他给别人带来的感受是什么，并且要求他停止他的粗暴行为。

秘诀三：提高自我保护意识。

避免校园欺凌的一个方法就是"惹不起，我躲得起"，至少要保证自己的人身安全。放学之后要和同学们结伴而行，不走小路，不抄近路，不单独外出，不去情况复杂的场所，身上不携带太多钱物。

被欺凌以后，不管遭遇了怎样的恐吓，都要在第一时间把这些事情告诉班主任老师以及学校领导，不要默默承受身体和心理上的创伤。

秘诀四：锻炼好身体。

校园欺凌的主要表现就是身体强壮的学生欺负弱小的学生。因此，积极锻炼身体，提高自己的身体素质，也是保证自己不会成为被欺凌对象的有效途径之一。

秘诀五：增强法制意识。

平时要注重积累法律知识，尊法学法守法用法，当自身的合法权益受到不法侵害以后，能够勇敢地站出来，运用法律武器维护自己的正当权益。同时，我们也要用法律来约束自己的行为，不成为校园欺凌的"帮凶"。

同学们，为了我们的健康成长，为了家庭的幸福快乐，为了校园的宁静和谐，让我们共同筑起思想和行为的安全长城，提高安全与自我防范意识，拒绝校园欺凌，从自己做起，从现在做起。让我们互爱互助，团结一致，在校园里快乐地成长，对校园欺凌说"不"。

【精神指引】

近几年，全国中小学、大学生发生聚众欺凌事件不绝于耳，甚至有愈演愈烈之势。值得一提的是，事件发生过程中，伴随有学生呐喊、起哄、拍照、旁观、嘲笑等，而无人阻止报案，旁观者麻木不仁令人心痛。我们不禁要问，现在的学生到底怎么了，他们的行为在拷问当下这个社会。

校园欺凌事件发生的根本原因与当下社会娱乐大众化、暴力化、庸俗化有关，明星吸毒等事件屡屡刷新人们的心理底线，造成社会信仰的缺乏，无所适从。要使校园欺凌事件不再发生，根本之策在于弘扬社会主义核心价值观，营造文明、和谐校园。

和谐一直是中华民族文化的主流价值观。"天人合一""和为贵""兼相爱""和而不同"，无论是诸子百家，还是民谣乡谚，都体现出中国百姓对和谐的向往和追求。

党的十八大报告明确提出了我国的社会主义核心价值观，从国家层面倡导"富强、民主、文明、和谐"，可见"社会和谐"在实现中华民族伟大复兴的中国梦中的重要性。学校作为人才的培养基地，是倡导文明、引领社会和谐的重要机构，营造良好的和谐校园，对构建和谐社会和人才培养都有着十分重要的意义。而小学作为我们青少年重要的启蒙阶段，和谐的校园文化有助于预防校园欺凌，帮助我们迈好人生第一步。

建设和谐校园，需要和谐的师生关系。师者，传道授业解惑也。是老师给了我们文化知识的启迪，使我们从无知到有知，从幼稚走向成熟。老师给我们知识的雨露，我们要全身心接受，要珍惜老师的付出，尊重老师的劳动。遇到老师，主动说声"老师好"，师生之间互敬互爱，以诚相待，从而打造和谐的学习氛围。

建设和谐校园，需要和谐的同学关系。由于每个人的性格、兴趣、爱好都有所不同，这就容易产生矛盾，但只要大家相互理解、相互忍让、和谐相处，用一颗真诚的心去换取另一颗真诚的心，就能克服困难，打造和谐的人际关系。

建设和谐校园，需要好的学风、好的校风。一种团结奋进的班风和刻苦勤奋的学风，能促使我们每个人在良好的环境中健康成长。好的教风、校风如春风化雨，不声不响地吸引着每个学子奋勇向前、努力拼搏。校风积极向上，从而打造和谐的教育氛围。

建设和谐校园，需要好的行为习惯。我们要积极追求自我完善，崇尚自尊自爱，将自我融入集体，严格遵守《中学生日常行为规范》，养成良好的行为习惯，自觉保持上课、就餐、就寝、活动、运动、休息等各种秩序。学生之间要相互信任，坦诚相待，说实话，做实事。考试时要坚决杜绝舞弊现象，用诚实和实力给自己和老师交上一份满意的答卷。

和谐的校园是我们的追求，建设和谐校园不是空喊口号，它要求我们广大青少年从小事做起，从自己做起，共同创造和谐的学习氛围，建立和谐的人际关系，营造和谐的校园文化，从根本上杜绝校园欺凌，在和谐、友爱的氛围中健康成长。

不做网络的"奴隶"

　　网络，一个近年来非常热的词，如滚滚浪潮向我们涌来。网络缩短了时空，拉近了距离，成为21世纪人类了解世界、走向世界的一扇快捷的窗口。对未知世界充满好奇和具有探索精神的青少年，对网络更是情有独钟，一"网"情深。其实，这个五彩缤纷的网络世界，内容良莠混杂，一半是鲜花，一半是陷阱。对身心尚未成熟的青少年来说，上网的热情需要保护，但更需要正确的指导和积极的引导，唯有如此，才能使青少年在安全的网络世界里"冲浪"。

未成年人

【身边故事】

故事一

自我记事起父母就离婚了，我从小和舅舅的两个孩子一起在姥姥家长大，每天都是姥爷蹬着三轮车接送我们几个。姥爷已七十有余，脸上布满皱纹，头上总是系着一条白毛巾，身上穿着一件军大衣，还猫着腰。无论是酷热的夏日还是寒风凛冽的冬季，姥爷总是早早起来给我们几个做早饭，然后再蹬着那辆破旧的三轮车送我们去上学。每每看到姥爷年迈的身躯，我心里总有一种说不出来的酸楚。

姥爷是一个上进的人，每次学校选家长代表都非他莫属。只要是学校的活动他都主动参加，帮学校植树、打扫卫生，不管什么脏活累活他都干。他曾被誉为"最美家长"，受到教师的尊重，学生的爱戴。前不久，由于学校留守儿童较多，学校为了让我们能多和家长见面沟通，专门设立了电脑室，并在周三下午放学后有专任教师辅导上网，有 QQ 视频的，有汇报学习情况的，有和家长谈心的，还有的把作业本上教师批改的评语念给家长听的，这样既拉近了家长与孩子的距离，又消除了我们的心理障碍。时间一长，我让辅导教师帮我申请了一个 QQ 号，还学会了 QQ 聊天，然后把全班的同学都加上，出于好奇，有时和班上的同学聊一聊，非常有意思。当时由于我打字速度慢，心里也很紧张，总想打快，可是越着急越容易出错。就这样，我每天都期待着周三和妈妈视频，和同学聊天。

记得那是一个周六早上，我和往常一样吃完早饭就开始坐在院子里写作业，等姥爷下地干活时我偷偷从抽屉里拿了二十元钱，乘公交车来到了网吧。只见网吧整齐地摆放着四排电脑，几乎每台电脑前都坐了人。我偷偷走到老板跟前交了钱，老板让我坐在最后一排的角落里。很快我就熟悉了这里的环境，沉浸在激烈的游戏中，震撼的声音让我感到心潮澎湃，每当打中"敌人"时就会兴奋不已，赢得一些积分后，我还可以买更多更先进的武器，而且积分越多，奖品也越丰厚。

正在我玩得开心时，听见老板走到我跟前说需要续费了，我只好懊恼地离开了网吧。回家后我告诉姥爷到同学家做作业了，还告诉他电脑的好处——能帮助我们三个学习，收集资料。姥爷听了很开心，还说等卖完苹果给我们几个也买台电脑。当时我高兴得要蹦起来了。随后我一次次撒谎说是去有电脑的同学家写作业，其实是去网吧打游戏。期中考试结束，我的成绩一落千丈，感觉对不起在外打工的妈妈和一直照看自己的姥爷。我下决心努力学习，开始几天还能认真听老师讲课，可是没过几天就按捺不住性子，又一次偷偷去了网吧，没想到一玩就玩到了晚上十二点，结果躺在网吧的沙发上就睡着了。姥爷一夜没睡一直找我。听旁边上网的人说，姥爷在天蒙蒙亮时就坐在我旁边，看着我酣然大睡没有叫醒我，真是又生气又心疼。我心中一痛，眼泪夺眶而出。虽然他没有骂我、打我，但是他在用自己的人格魅力影响着我。那一刻我暗下决心，一定要努力学习，让身边的这位年过七旬的老人不再为我操心。

故事二

我们班有一个同学每天上学兜里总揣着一部精美的手机，同学们很是羡慕。每次下课，他的身边总是围着几个关系好的同学在看视频，上课还趴在桌子下面偷偷玩游戏，甚至交头接耳交流收到的有趣信息。晚上宿舍熄灯后，他还用手机聊天，一聊就到深夜，第二天上课精神不集中，学习效率大打折扣，不仅自己受到影响，而且也打扰了别人的休息。

每次考试他都把手机带到考场，利用"作业帮"手机软件作弊。记得有一次期末考试，数学试卷特别难，班里的好学生一个个都抓耳挠腮，可是他从"作业帮"上下载现成答案，结果单科成绩名列全校榜首。班主任多次找他谈话，他都不肯承认，最后到学校监控室调出了录像他才认错，承认确实是拿手机抄袭。

班主任叫来家长谈话，家长很是头疼，还说曾半夜在被窝里抓到过几次玩手机，但没有任何办法。后来班主任每天都利用活动时间对他进行思想教育，每节课都提问他简单的基础知识问题，及时表扬他，帮他树立自信。老师曾在黑板旁边写下哈佛大学图书馆的训言：谁也不能随随便便地成功，它来自彻底的自我管理和毅力。我们不能玩物丧志，让我们加强自制力，全心全意地投入到学习中，用理想的期末成绩回报我们的父母。就这样一次次的感动、激励，让先前的一个手机迷戒掉了网瘾，不到半年就像变了个人似的。

现在我们身边有相当多的同学在使用手机，他们不是为了和父母加强联系，向父母报告学习成绩，而是为了聊天交朋友。他们自制力差，经不起手机的诱惑，很容易受到社会上各种不良信息的侵扰，读书无用论、爱慕虚荣、拳脚英雄主义、早恋等观念影响他们良好品德的形成。所以，有必要和我们的父母"约法三章"，形成家庭公约，通过父母监督、自我约束等方法来规范自己的上网行为。同时，父母要以身作则，不要每天在网上玩游戏、聊天，应该给我们营造一个良好的学习环境。学校也要加强网络道德教育，引导我们正确上网。这样多方合力，才能养成一个良好的上网习惯，让我们健康成长。

【成长启示】

当前，网络已经走进了千家万户，逐步改变着人们的工作、学习和生活方式。它将对人们的思想观念、思维方式带来深刻的变革。很多时候父母只关心我们的分数，而忽视了我们的精神世界。不少同学从小没有理想，没有抱负，上网成瘾，长久下去很容易出问题。

树立崇高理想，有助于我们正确看待网络。心中有理想，就会激发起为理想而奋斗的勇气和毅力，无论身处何种环境，都能矢志不渝，勇往直前。

培养责任感，有利于我们形成正确的网络道德观。作为一名青少年，我们的首要任务是学习：学习文化知识，学习做人，学习为集体服务，学习我们不懂的和必须要懂的一切。拥有一份责任心，再大的困难也能克服。

提高鉴别善恶、美丑的能力，有助于我们正确使用网络。目前，网络已成为一种人际交往的工具，我们通过网络与他人交往时，应树立自我保护意识，不要轻易相信网络的虚幻世界。我们要自觉做到不涉足不良网站，不浏览不良内容，健康地进行网络交往。适度上网，对学习和生活是有益的，但长时间沉迷网络，对人的身心健康有极大的损害。我们应当学会鉴别网络上的善恶与美丑，学会理性地对待网络。

现在，各级各类教育网站为我们营造了良好的学习环境，让我们可以遨游在知识的海洋，学到许多课堂上学不到的知识。我们可以足不出户，却尽知天下风云；动动手指，便能和他人谈心。网络丰富了我们的生活，调节了读书的单调，而且网络信息容量大，可为我们提供丰富的信息资源。网络也是我们学习的好帮手，就像一位神通广大的老师，上知天文，下知地理，博古通今。平常看不到的一些书，可以通过网络下载下来；不会做的题目，可以问问"百度"。合理使用网络，有助于拓宽我们的思路和视野，消除我们的心理障碍，减轻我们的学习压力。因此，我们应珍惜现在所处的时代，珍惜社会、学校为我们提供的成长平台，不沉迷于网络，遵守网络道德规范，养成正确上网的良好习惯。

【精神指引】

习近平总书记曾指出："网络空间是亿万民众共同的精神家园。网络空间天朗气清、生态良好，符合人民利益。网络空间乌烟瘴气、生态恶化，不符合人民利益。我们要本着对社会负责、对人民负责的态度，依法加强网络空间治理，加强网络内容建设，做强网上正面宣传，培育积极健康、向上向善的网络文化，用社会主义核心价值观和人类优秀文明成果滋养人心、滋养社会，做到正能量充沛、主旋律高昂，为广大网民特别是青少年营造一个风清气正的网络空间。"

国家的发展进步，年轻一代是关键。网络好比一块空地，不种庄稼，就长杂草。为了更好地促进青少年成长、成才，需要充分发挥好网络的重要作用。通过弘扬时代主旋律，传播网络正能量，让青少年成为网络的"主人"而不是"奴隶"。

网络正能量，不仅是对文化精髓和高尚道德的弘扬，更包含每个公民应具有的责任意识及家国情怀。还记得吗？我们在特殊的时间节点重温红色历史，捍卫正义的力量；我们在举国同庆的日子里讲述家国往事，绘就梦想蓝图；我们为祖国的每一项成就点赞，听大国步履在大地上回响；在跌倒时，我们从伸出的搀扶之手获得勇气，点燃继续前行的信心……在高尚情感的底色映衬下，每一次网络正能量的释放，都会激发大家心底"最燃一幕"，悄然传递间，似星光交相辉映，留下时代回响。

传播网络正能量，需要人人参与。在网络上活跃的"你"和"我"虽然那么微不足道，那么的平凡，但是对于推动时代与社会的进步有着不容忽视的力量。那么，如何做一个好网民呢？

首先要爱国。

不跟风、不炒作，不信谣、不传谣，斥责那些肆意抹黑民族英雄、丑化民族英雄的人，坚决抵制歪曲事实、诋毁祖国的违法行为。

其次要文明。

言谈举止勿忘语言文明。文明的言语体现的是对他人的尊敬和友爱，反映了一个人的道德风尚。文明言语不是一件小事，是社会主义精神文明建设的一个重要组成部分。

再次要守法。

不搞网络欺诈，不传播违法言论，不浏览不良信息，不点击不健康网站。

最后要增强自我保护意识。

不随意约会网友，谨防上当受骗。

网络多一些正能量，社会就少一些假恶丑。让我们共同行动起来，以"我"之正能量，汇聚成中国力量，还我们的网络世界一片纯净的天空！

勿以恶小而为之

"勿以恶小而为之"是三国时期刘备在临终前给其子刘禅遗诏中的话。就是要告诫他：不要以为坏事小就能去做，坏事也要从点滴开始防范，否则积少成多，也会坏大事。我们都知道，刘备作为一位优秀的政治家、军事家，爱民惜才、宽厚仁义、公正真诚，这才造就了"桃园三结义"、诸葛亮"鞠躬尽瘁、死而后已"等佳话。"惟贤惟德，能服于人。"刘备十分注重自身品德的修养，主张"德治"，以德服人，铸就了他一生受人敬重的政治品格。

现在，我们生在新时代，长在红旗下，物质条件十分优越，但身边的不少人却忽视了自己的道德修养，甚至养成了一些坏习气，例如上课迟到、旷课、打架斗殴等，甚至向同学敲诈要钱、小偷小摸。我们千万不要认为这是区区小事，如果认识不到问题的严重性，依然我行我素，后果将不堪设想。有些高年级同学的所作所为已经触犯了法律，比如校内持刀打架，校外勒索钱财，只是因为年龄较小，没有追究其法律责任，若不知悔改放任下去，必将受到应有的惩罚。

我们都知道"千里之堤，溃于蚁穴"，很多失败往往就是对最初的那个小诱惑、小妥协没有足够重视。我们只有把小事做好了才能积少成多，干成大事。只有从小弘扬真善美，贬斥假丑恶，伸张正义，抵制邪恶，才能树立起正确的人生观和荣辱观。

▲　桃园三结义

【身边故事】

不守规则酿大祸

我们班有这样一个同学，家庭条件特别优越，父母常年在外做生意，顾不上管他。爷爷每天早上给他些零花钱，说是吃早饭，其实他都买了玩具，并分给班里同学。有时候不是班主任的课，他就偷偷约上班里几个伙伴逃课去打游戏。班主任老师多次家访，和家长谈心，很无奈，家长总是说没时间管孩子。但是学校布置的任何事情，他们都积极配合，只要是学习需要的就买最好的，什么都愿意投资，但就是在家庭教育上没方法、没时间。

由于没有养成良好的行为习惯，家庭教育对他也约束很少，到了初中逆反心理又很严重。暑假期间，他约了几个伙伴一起骑摩托车兜风。他们对交通规则知之甚少，既没有驾驶证，又没有戴头盔，还超速行驶，将学校规定的"14岁以下的少年儿童不准骑自行车和摩托车"抛之脑后，结果碰到红灯没能及时刹车，与一个右转车辆相撞，造成这位同学双腿高位截肢，而其他三位同学，一个头部严重受伤，另外两个不同程度擦伤。

他们本该和我们一样有着金子般的年华，对未来的生活充满憧憬和渴望。然而事故的恶魔却降临在他们身上，美好的人生就此破灭。当时父亲抱着自己的孩子泪流满面。这样的交通事故就像颗威力十足的炸弹，一时大意，这颗埋伏在我们生活中的炸弹就会爆炸，使得家庭破碎，使得人心悲苦。

一个花季少年的前程就这样被一场车祸所改变。这个悲剧是谁造成的呢？是父母平时监管不严，没有重视家庭教育，还是这位同学平时不自律？这两方面都有。

作为这位同学的父母，他们忽视了对孩子的教育与陪伴，即便是给予再好的物质生活都无法弥补。从这位同学自身来说，他没有养成良好的品质，不懂得遵守纪律，不懂得遵守规则，没有学会约束自己，发生这样的悲剧也不难理解。所以，勿以恶小而为之。

"红灯停、绿灯行"是大家在幼儿园时就懂得的，也是必须要遵守的最基本的交通规则。而且，从幼儿园到小学，老师也会经常把这句话挂在嘴上，目的就是要警示我们从小养成良好的交通安全意识。虽然这看起来很不起眼，但是人人都去践行，事故的发生率就会大幅降低，社会就能更加和谐、健康地发展。

手机风波

前不久，有这么一个上高中的大朋友，上课经常偷着玩手机，被代课老师当场没收。下课后老师让他到办公室谈话，并对他提出要求，高中毕业后再归还手机，当务之急在于学习。当时他很不高兴，摔门跑出校园不知去向。

随后，老师联系上家长，结果家长来校后先不问孩子的对错，就开始指责老师并破口大骂，说孩子是独生子，如果有个三长两短老师也别想在学校教书了。当时老师说话的语气也有点强硬，还指出作为孩子的父母几次家长会都不来参加，孩子在学校的情况一概不知，造成今天的事情家长有直接责任。话音刚落，只听"啪"的一声一个耳光落在了老师脸上，两人顿时厮打起来。本来是件小事，瞬间变得一发不可收拾。

后来学校协调、家长配合，才在一个偏僻的网吧里找到了孩子。众人对其思想教育了一番后，老师归还了手机，家长也表态要严格监管孩子，这位同学也保证今后上学再不拿手机。

但是，没过多久这位同学又偷偷把手机带到了学校，代课老师又一次发现后把这位学生连同他的手机，一并交给班主任。班主任少不了又是一番批评教育，并要求他在班会上检讨自己的不良行为……

谁也没想到，这位学生回到家感觉自尊心严重受损，一时想不开，一跃从高楼上跳下……

至此，由手机引发的这场风波，随着这位同学生命的消逝结束了。

【成长启示】

在我们身边不乏这样的人，他们小小年纪，好吃懒做，在校不遵守纪律，在家欺骗父母，有的还沾染上了社会上的一些不良习气，对同学敲诈勒索，在学校拉帮结伙，恃强凌弱。这些看起来都不是大错，没有构成犯罪，但是如果他们不从小改正，不以犯小错为耻，长大了就会犯大罪。有多少落马官员不是出身普通农民家庭，刻苦学习考大学，工作积极主动、业绩突出，得到组织提拔重用，本想立志干一番事业，但是随着职位的升高，诱惑也在加剧，有些人送来一点感谢费，便理所当然地收下。这样一步步堕落，把为人民服务的初衷抛之脑后，最终忘记了自己手中的权力是党和人民赋予的，反而觉得是因为自己能干、了不起，赤裸裸地搞权钱交易，坠入贪腐深渊。可惜悔之晚矣！他们无法面对亲人，无法面对党和人民，接受法律的制裁时悔得肝肠寸断，却又无可奈何。就是这一件件小事，侵蚀了他们的灵魂，每一次都觉得微不足道，最后却一发不可收拾。

孩子的成长也一样，要心有规则，守住底线，勿以恶小而为之。孩子的成长离不开家庭教育、学校教育和社会教育。家庭教育是孩子的第一所学校。父母若能及时发现孩子在成长过程中的一些小错误，并及时纠正，将不良行为消灭在萌芽状态，就能在很大程度上帮助他们迈好人生第一步。"小时偷针，长大偷金"的道理自古就有，如果在孩子做错事情的时候不加以制止，长大以后很有可能会铸成大祸。同时，父母也要认识到他们在教育孩子中的重要作用，不能把教育孩子的责任全部推给学校，要知道他们是孩子与老师沟通的桥梁。

当今社会独生子女多了，家庭条件好了，隔代管教，甚至请他人管教孩子的现象也多了。在孩子成长的过程中，很多家长往往忽略了对孩子的严格教育，对孩子"错爱""溺爱"，把孩子惯得不像样，如对人没礼貌，本该由孩子自己做的事情却由父母或是爷爷奶奶代办，一边做作业一边说话、吃东西，做事磨磨蹭蹭等。

在我们身边的不少同学均出现过要父母给盛饭的事件，之所以称它为"事件"，是因为从这件小事上能看出一个人的品质。要父母给盛饭的孩子，通常是家中的"小霸王"，常常以自我为中心，自理能力差，没有克服困难的意志。人们常说，树高自然直，但是大树也有可能长歪了"脖子"。良好的家庭教育应该正确引导孩子养成明理重德的习惯，培养孩子为公着想，尽量消除自私自利的念头。

学校作为孩子接受教育的主阵地，是对学生进行素质教育的重要场所。它不同于家庭、社会对孩子的影响，学校教育对学生形成健康的思想品德，树立正确的人生观、价值观和世界观有着不可替代的作用。从学校的育人功能来看，学校教育是教育者（教师）依据一定的教育方针，有目的、有计划、有组织地对受教育者进行培养教育的社会化活动，它能按一定社会需要，根据《新教育大纲》的要求，遵循儿童身心发展的规律，对学生进行系统的教育和训练；从学校的育人环境来看，学校有一个积极向上的学习氛围，给学生的学习创造一个和谐、舒适的学习环境，激发学生奋发向上、努力拼搏的精神；从受教育的时间来看，学生在学校接受教育的时间最集中，更利于全身心接受各种知识，学会做人、学会生活、学会劳动、学会健体。

社会教育是学校和家庭教育的延伸和发展。学校和家庭以外的社会文化机构，以及有关的社会团体或组织常常以不同的形式和方式，对社会成员特别是青少年进行教育。社会教育组织机构繁多，其教育内容具有广泛性、适应性、及时性与补偿性，其方式、方法具有灵活多样性，若善于利用，引导得力，必然会对不同兴趣、爱好、特长的青少年的素质提高产生广泛而积极的影响。通过社会教育，学生可以在复杂多变的社会环境中不断增强分析能力和应变能力，可以在社会大课堂中体验各种不同的社会角色，学习社会规范，扩大社会交往，为参与现代化建设做准备。

青少年要牢记"勿以恶小而为之"。在教室翻越窗户、乱扔垃圾、讲脏话；在花坛摘花、踏草坪，这些虽然都是不起眼的小事，却反映了一个人的素质。青少年要积极、主动多做善事，例如在公共汽车上遇见老人和孕妇，给他们让座；在路上捡到钱后，及时交给老师；在同学遭到恶人欺负时，勇敢地站出来伸张正义。这方面可以向雷锋学习。雷锋一生中并没有做什么惊天动地的大事，只是做了一些如送老爷爷回家、车上让座位、帮别人补衣服等小事。但是小事做多了，渐渐地也就变成了大事，最终成为我们每个人学习的榜样。

【精神升华】

"生命诚可贵，爱情价更高。若为自由故，二者皆可抛。"匈牙利著名诗人裴多菲这首蜚声中外的诗歌，不知鼓舞了多少人。自由是每个人在具备种种个人德行、品德的基础上，社会给予的最核心的保证。但是自由并不是每一个人想做什么就做什么。社会主义核心价值观所提倡的"自由"，被写在社会层面中，这就意味着社会层面的自由才是真正的自由。也就是说有自由，必然有约束。

社会主义核心价值观 ▶

富强 民主 自由 平等 爱国 敬业
文明 和谐 公正 法治 诚信 友善

卢梭说："人是生而自由的，但无处不在枷锁之中。"枷锁有时像体育比赛，必要的限制正是强弱者的分界线；有时像飞驰的列车，轨道正是飞驰的根基。交通规则中的红灯，通常是限制自由的，但这种限制正是给予更多自由的保证。由此可见，人要的自由是有序的自由，而不是无序的自由。

青少年有追求自由的权利，但是要在遵守社会规则的前提下追求自由。上面故事中的少年，脱离了中小学生日常行为规范，脱离了学校的管理制度，脱离了社会公德的基本要求，追求自己的一时快乐，追求自己所谓的自由，心中无戒，行为无规，最后自食其果。

社会文明与每一个公民的文明息息相关，牢记"勿以恶小而为之"，改掉身上的小毛病，将自己融入到社会大家庭中，从小培养和践行社会主义核心价值观，从小处着手，从小事做起，身体力行影响身边人，弘扬正能量。

志 向 篇

——做一个拥有梦想的少年

  志向是人生的航标。一个人要做出一番成就，就要有自己的志向。一个人可以有很多志向，但人生最重要的志向应该同祖国和人民联系在一起，这是人们各种具体志向的底盘，也是人生的脊梁。

——总书记寄语

飞扬的红领巾

我们是共产主义接班人，
继承革命先辈的光荣传统，
爱祖国，爱人民，
鲜艳的红领巾飘扬在前胸。
不怕困难，不怕敌人，
顽强学习，坚决斗争，
向着胜利勇敢前进，
向着胜利勇敢前进前进，
向着胜利勇敢前进，
我们是共产主义接班人。
……

　　铿锵、激昂的少先队队歌响起时，我们总会心潮澎湃，并在心里自豪地对自己说："我是一名少先队员，身上肩负着国家的使命！"我们以红领巾的名义庄严宣誓：传承红色基因，弘扬奉献精神，努力学习，争做时代先锋。

【身边故事】

　　五月的上党大地，阳光明媚，芬芳馥郁，苍莽太行绿意盎然，滚滚漳水碧波涟漪。此时的长治，迎来了她最漂亮的时刻。多美丽的家乡！生长在这片黄土地上，我们的骨子里蕴藏着上党精神，这是抹不去的烙印，也是深植于内心的乡情。

　　站在这片黄土地上，展望未来。

　　也许，我们会与三尺讲台为伴，用爱心和智慧为祖国的花朵编织斑斓的梦。

　　也许，我们会身着纯洁的白衣，用仁心和医术奋战在手术台前，救死扶伤。

　　也许，我们会头顶国徽，金色盾牌热血铸就，用勇敢和忠诚守护这片安宁的土地。

　　也许，我们会用歌声诠释这座城市的美；也许，我们会用文字表达对这片土地的爱……

　　未来就像一张白纸，大笔挥就了辽阔壮美的远景，剩下的图画将由我们来增添。要想这幅画美轮美奂，每枝画笔都得广集丹青，细细调制。上党少年将用青春和智慧，谱写出无愧于新时代的伟大篇章。

上党少年说

上党有少年，站在队旗下，
誓言震天响，树立大志向；
上党少年说，光荣与梦想，
责任与担当，从容有力量！

上党好少年
——文明礼仪大使杨紫涵

"不要放纵自己，坚持才是真理"是杨紫涵的座右铭，现在她是学校校长助理团队的一员，是一名新时代优秀的少先队员，连年被评为校"文明礼仪大使"。

她认为："文明，是一种美，一种人性的美。它不是无比响亮的口号，而是实实在在的行动。"她是这样说的，也是这样做的。

有人问："何谓文明？"她答："讲礼仪、守诚信、知廉耻。"没错，生活中的她确是如此。在学校，遇到老师和同学，她面带微笑，主动问好；在班里，作为班干部，她以身作则，不说脏话，爱护公共财产，保持教室整洁、美丽，及时帮助有困难的同学，做事言必信，行必果；在家中，她心疼爸爸妈妈，经常做一些力所能及的家务活，分担他们的生活压力。

有人问:"何谓文明?"她答:"有孝心、知感恩、能宽容。"是的,生活中的她亦是如此。在学校,她与同学关系融洽,即便偶尔遇到点摩擦、磕绊,她都能始终以微笑面对,化干戈为玉帛;在家中,她是爸爸妈妈的开心果,尽管升入六年级,学习压力加大,但她每天还是会开心地,在吃晚饭时,把学校里的趣事与自己的学习情况跟爸爸妈妈分享。也许这些事情微不足道,但她只是简单地享受着和父母分享的快乐。

有人问:"何谓文明?"她答:"志高远、宽待人、严律己。"毫无疑问,她做到了。几次考试中,她连得年级第一,各科成绩均名列前茅。尽管如此,她却更加严格要求自己,制订更高的目标。因为她知道,人外有人,天外有天,自己还有很大的发展空间。遇到困难她总是想:只要脊梁不弯,就没有扛不起来的大山。与生俱来的这股"倔劲"陪伴她走到现在,并且会走得更远!

有人问:"何谓文明?"她答:"懂责任、倡和谐、学自主。"自主导学、合作探究的学习方式在学校推行后,作为学习小组组长的她,在课堂上,严格要求每一位组员,督促他们学习;下课后,她又和朋友们一起谈理想、论人生、画未来。为了共同的目标,她和组员们付出了很大的努力,在全年级学习小组评比中,她们小组多次被评为"优秀学习小组。"

自尊自爱、行为自律、奋发有为、不骄不躁,她是新时代优秀少先队员的代表!

✿ 还记得你加入少先队时的场景吗？看着胸前飞扬的红领巾，此时你想到了什么？

家长扫码获取

心理学小知识音频
安全教育视频

【成长启示】

少先队基本知识

（一）我们的队名：中国少年先锋队。

（二）我们的创立者和领导者：中国共产党。

党委托中国共产主义青年团直接领导我们队。

（三）我们队的性质：是中国少年儿童的群众组织，是少年儿童学习中国特色社会主义和共产主义的学校，是建设社会主义和共产主义的预备队。

（四）我们队的目的：团结教育少年儿童，听党的话，爱祖国、爱人民、爱劳动、爱科学、爱护公共财物，努力学习，锻炼身体，参与实践，培养能力，立志为建设中国特色社会主义现代化强国贡献力量，努力成长为社会主义现代化建设需要的合格人才，做共产主义事业的接班人。

维护少年儿童的正当权益。

（五）我们的队旗、队徽：五角星加火炬的红旗是我们的队旗。五角星代表中国共产党的领导，火炬象征光明，红旗象征革命胜利。

五角星加火炬和写有"中国少先队"的红色绶带组成我们的队徽。

队旗指大、中队旗。队旗颜色采用国旗红，可用布、绸、缎等材料按照标准制作。

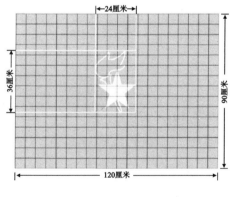

▲ 大队旗

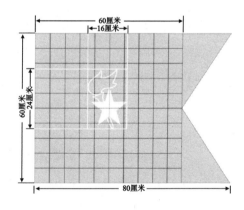

▲ 中队旗

大队旗长 120 厘米、高 90 厘米。旗中心是五角星和火炬，五角星为黄色，火炬由黄色线条勾勒出轮廓。

中队旗长 80 厘米、高 60 厘米。右端剪去高 20 厘米、底宽 60 厘米的等腰三角形，形成一个三角形缺口，五角星及火炬在以 60 厘米为边长的正方形中心。

（六）我们的队歌：《我们是共产主义接班人》。

（七）我们的标志：红领巾。它代表红旗的一角，是革命先烈的鲜血染成。

中国共产党将红旗的一角作为少先队员的标志，就是要求我们学习先辈为真理而奋斗的精神，继承革命事业，为建设社会主义现代化强国、为实现共产主义勇敢前进。

（八）我们的队礼：右手五指并拢，高举头上。它表示人民的利益高于一切。

（九）我们的呼号："准备着：为共产主义事业而奋斗！"回答："时刻准备着！"

（十）我们的作风：诚实、勇敢、活泼、团结。

（十一）我们队的建队日：1949 年 10 月 13 日。

早在新民主主义革命时期，中国共产党就先后建立并领导了劳动童子团、共产儿童团、抗日儿童团、少先队等少年儿童革命组织。1949 年 10 月 13 日，中国共产党缔造的、全国统一的少年儿童革命组织——中国少年儿童队成立。1953 年，中国少年儿童队改名为"中国少年先锋队"，沿用至今。

珍惜生活，做时代先锋

现在我们生活在一个幸福的时代，没有战争和饥饿，没有鲜血的记忆，没有生死的徘徊。战火硝烟的日子已离我们远去，但我们不能忘记那段血泪的历史！

今天的幸福生活来之不易，有多少革命烈士为此献出了年轻而又宝贵的生命！少年英雄王二小，为了保护转移躲藏的乡亲，把敌人带进了八路军的埋伏圈，英勇地献出了自己年轻的生命。

革命英雄黄继光，为了保护其他的战士，用胸膛堵住了冒着火舌的枪口……敌人的机枪哑了。战友们喊着惊天动地的"为黄继光报仇"的口号冲了上去，一举消灭了敌人！

……

先烈们在祖国生死存亡的关头，用自己的行动，筑起了钢铁长城，换来了今天来之不易的幸福生活。面对现在拥有的这一切，我们还有什么理由不好好学习，还有什么理由不珍惜今天的美好生活。

作为一名新时代的少先队员，我们应牢记少先队员的职责和使命，继承和发扬革命精神，弘扬社会美德，从我做起，从身边小事做起，就像故事中的上党少年连其乐，做时代的先锋。

【精神升华】

人们常说，少年是祖国的未来，是民族的希望。少年有本领、有担当，国家就有前途，民族就有希望。少年之立大事者，不惟有超世之才，亦必有坚忍不拔之志，有风雨无阻的执着，还有沧海可填山可移的气魄，更有"不经一番寒彻骨，怎得梅花扑鼻香"的坚韧。

可是，大家问问自己，是否在努力？是否在奋斗？是否有目标？是否有理想？课堂上的嘈杂，课堂外的放任，没事就躺在沙发上打游戏、看电视，任由时光流去，唯我一人吃喝享乐、逍遥自得？

回望历史，为国奋斗的英雄比比皆是。有中国最早的马克思主义者李大钊；有"砍头不要紧，只要主义真"的夏明翰；有伟大的抗日民族英雄杨靖宇；有在烈火与热血中得到永生的叶挺；还有"生的伟大，死的光荣"的刘胡兰……他们为了救国家于危难，为了实现民族的独立，献出了自己宝贵的生命，可他们的精神却永远在我们心中铭记。虽然先烈们每一个人的生命在历史长河中都是那么平凡而渺小，但当这平凡而渺小的生命义无反顾地将自己的每一滴鲜血、每一个细胞都交付给国家的兴旺和民族的振兴，交付给正义和真理，交付给历史发展的必然时，这平凡而渺小的生命便不惧烈火的煎熬迸发出永不泯灭的光华。

英雄们的光荣事迹，说不完也道不尽。作为新时代的中国少年，我们有责任也有义务把红色基因传下去。2018 年，六一来临之际，习近平总书记在给陕西照金北梁红军小学学生的回信中写道："希望你们多了解中国革命、建设、改革的历史知识，多向英雄模范人物学习，热爱党、热爱祖国、热爱人民，用实际行动把红色基因一代代传下去。"这既是习近平总书记对我们的殷殷嘱托，更是党赋予我们的神圣使命和光荣责任。

唯国家之富强，不在他人，而全在我中国少年！

系好红领巾，在播种的季节，许下新的、更大的愿望；系好红领巾，在砥砺奋进中，激起新的、更大的热情。

让我们坚定理想信念，志存高远，严谨笃学，奋发向上，学好文化知识，锤炼道德品格，时刻听党话，永远跟党走，做合格的社会主义现代化国家的接班人，为实现中华民族伟大复兴的中国梦不懈奋斗。

在国歌声中成长

国歌是我们从小到大听得最多的一首歌。当东边的第一缕朝霞映红天安门广场的时候；当奋勇拼搏的中国健儿在国际运动会上斩获金牌的时候；当陆海空三军队列整齐接受全国人民检阅的时候，那熟悉又催人奋进的旋律就会响起……

▲ 图为校门外一群小学生听到国歌响起，停下脚步立正敬礼

【身边故事】

把国歌唱好

六年的小学生活过得飞快，一眨眼，郭佳即将离开小学，到更广阔的天空去展翅飞翔。在这六年里，郭佳经历过许多难忘的事情，其中有一堂课，让他终生难忘。

毕业前的一天下午第一节课，班主任老师竟让同学们齐唱国歌。大家不知道老师葫芦里卖的什么药，个个都狐疑地唱了起来。唱完后，老师说要点名一个一个地唱给她听。这下可完了，平时唱国歌都是大家一起唱，就是有人忘了词也不要紧，可单独唱就不行了。老师一连点了几个名字也没有人能把国歌完整地唱下来。老师用期待的目光看了看郭佳，郭佳站了起来："起来！不愿做奴隶的人们！……"哎呀！不好，郭佳忘词了。只见他急得满脸通红，手足无措。老师示意他坐下，又用意味深长的目光看了看大家，同学们都低着头，很显然，谁也没有把握能把国歌一字不差地唱下来。

教室里安静极了，就连心跳声都能听得见。老师的目光在班里扫视了一圈后，轻轻地说："如今，你们住的是宽敞、漂亮的楼房；穿的是干净的校服、雪白的球鞋；吃的是八宝粥、旺旺雪饼……最重要的是你们有宠你们、疼你们的爸爸妈妈，有孜孜不倦教导你们、关心你们的老师……你们用不着奔跑在风雨中靠卖报为生；也不用像三毛一样流落街头，吃别人丢掉的馊馒头；更不用像小萝卜头那样生活在阴冷潮湿的囚牢中，梦想着能够有一个铅笔头……"

"但是，你们一定不要忘了当年英法联军火烧圆明园；不要忘了日本人在南京制造的骇人听闻的大屠杀；不要忘了英雄前辈在大牢中所受的非人般折磨。"

接着，老师深情地讲起国歌的故事，讲到田汉，讲到聂耳……郭佳看了看同学们，大家都微垂着头，面色凝重。

一堂课很快结束了，而郭佳心里却不是滋味，他想的第一件事就是：回家后，要完完整整地把国歌唱下来！

> ❀ 你能完整地唱好国歌吗？你知道在什么样的场合会奏国歌吗？

【成长启示】

国歌记录着中国人民英勇战斗的历程，今天它仍雄浑豪放，气势磅礴，催人奋进。许多老爷爷老奶奶听到它，仿佛看到了那弥漫的硝烟、闪光的战刀，听到了那隆隆的炮声、雄壮的军号，似乎又回到了那杀声阵阵的战场，为了党和人民一往无前。

海外同胞听到它，就像游子听到母亲的召唤一样，格外亲切，无限幸福。他们中有的不惜抛弃优越的生活环境，踏上归途，回到阔别多年的故乡，把自己的知识和力量献给祖国的伟大事业。有的虽身在海外，但时时关心祖国的前程，为祖国的建设筹备资金。

我们唱国歌，是因为我们要铭记历史、吸取教训。十四年艰苦卓绝的抗日战争，四年前赴后继的解放战争，无数先烈用鲜血和生命，为我们托起了这个屹立于世界民族之林的中国。在国歌的熏陶下，我们这些生长在和平年代的少年，对那些冲锋陷阵、不怕牺牲的革命前辈更加敬佩，对用鲜血和生命换来的幸福生活更加珍惜，对经过战争洗礼的伟大祖国更加热爱。

我们唱国歌，是因为我们要立足现在、展望未来。今天的中国，经济总量已跃居世界第二位，但因为西方国家的歧视与封锁，我们的发展之路注定不会一帆风顺，必然会遇到各种风险和挑战。古人云：临难毋苟免。在困难与挑战面前，唯有勇敢面对，不怕牺牲，才能夺取最终的胜利。

有的同学可能会说："我们现在还是个小孩子，为祖国奉献是大人的事。"这种想法不能苟同。我们应该时刻想着能为祖国做些什么，也许我们现在的力量还很小，不可能像大人们那样，但是我们能为祖国做的也很多，比如绿化祖国、保护环境、好好学习等。这些看似平常的事情，只要我们能努力做好，而且持之以恒地做下去，我们就是在为祖国贡献自己的力量。只有祖国繁荣了，人民的生活才会更加幸福；只有祖国强大了，人民活得才会更有尊严。

"少年富则国富，少年强则国强。"从现在开始，我们要抓住每一分每一秒，奋发图强，好好学习，让自己成为一个有用的人，为祖国的发展尽一份微薄之力！

【精神传承】

起来！

不愿做奴隶的人们！

把我们的血肉，筑成我们新的长城！

中华民族到了最危险的时候，

每个人被迫着发出最后的吼声。

起来！

起来！

起来！

我们万众一心，冒着敌人的炮火前进！

冒着敌人的炮火前进！

前进！

前进！

进！

国歌名叫《义勇军进行曲》，词作者是剧作家田汉。田汉在被国民党特务抓捕前，仓促间把歌词写在了香烟的包装纸上。后来，歌词传到了它的曲作者——著名音乐家聂耳手中，聂耳看到这振奋人心的歌词，激发了创作热情，马上动手谱曲。他把自己关在简陋的房子里，一会儿弹琴，一会儿高唱，一会儿跟着节拍走动，他把自己对人民的爱、对敌人的恨，全都倾注在每个音符里。

1949 年 10 月 1 日在开国大典上，《义勇军进行曲》作为国歌第一次在天安门广场上响起。

唱好国歌，体现的是一种爱国、奉献情怀。想当初，无数革命先烈和仁人志士，正是在那激越的国歌声中，找到了前进的方向。他们前赴后继、默默奉献，用血肉身躯筑起了保卫祖国的钢铁长城。

刘胡兰是山西文水县云周西村人，是已知的中国共产党女烈士中年龄最小的一个。她入党时间不长，十四岁被吸收为中国共产党预备党员。1947 年 1 月 12 日，国民党阎锡山军队和地主武装包围了云周西村，刘胡兰因叛徒出卖被捕。在敌人的威胁面前，她坚贞不屈，大义凛然。

敌人问她："你小小年纪，就不怕死？"

刘胡兰回答："怕死不当共产党！"

敌人为了让她屈服，在她面前将 6 位革命群众用铡刀杀害，刘胡兰毫无惧色，从容走向铡刀，壮烈牺牲，年仅十五岁。

刘胡兰的事迹让毛泽东同志深受感动，亲笔为她题词："生的伟大，死的光荣。"

同年 8 月，刘胡兰被追认为中国共产党党员。

▲　图为纪念刘胡兰烈士英勇就义三十周年邮票

今天，国歌里唱到的那些生死与存亡、炮火与硝烟早已远去，我们享受的是安稳、幸福的生活。但是，每当雄壮的国歌响起，英雄的背影总会浮现在我们眼前，激励着我们继续前进。把国歌唱好，诠释了我们对祖国甘于奉献的决心。

唱好国歌，展示的是一种民族气质。如果你是一个生活在 1939 年的波兰人，你一定会有更深的感触。1939 年，纳粹的铁蹄在不到一个月的时间里踏遍了波兰的国土。当首都华沙沦陷的时候，全国的广播电台都在播放着波兰国歌——《波兰没有灭亡》，歌中唱道："波兰没有灭亡，只要我们一息尚存，波兰就不会灭亡。举起战刀，收复失地！"

如果你生活在八十多年前的中华大地上，你一定会有更深的体会。八十多年前，日寇的铁蹄践踏着我们的土地，到处都是痛苦的呻吟。然而，就是在这样的呻吟声中，一首激昂的乐曲由北向南响彻了我们深爱的这片土地。它感召和鼓舞着人们拿起枪杆，万众一心，奔向前方。把国歌唱好，诠释了我们对祖国的一片赤诚。

国歌经历了八十多年的风风雨雨，以铿锵之音凝聚民族情感，形成民族共识，产生强大的战斗合力，点燃更多的希望，放飞更多的梦想。

同学们，当你背着书包迎着朝阳去上学时，你要抬起头，你要挺起胸，你要精神振作、信心百倍，你的心里要装着一个伟大的梦想；当你走在放学回家的路上，你要摸摸自己的书包，问问自己今天又学到了什么？有没有浪费光阴？距离你那神奇的、美好的、伟大的梦想是不是又近了一步？

中国梦·少年梦

　　每个人都应有梦想，或大或小，或长或短。实现中华民族的伟大复兴，是中华民族近代以来最伟大的梦想！今天，我们生逢这个伟大的新时代，必须坚定理想信念，努力奋斗，把自己的梦融入伟大的中国梦中，让我们的人生变得更有价值、更有意义！

　　梦想没有大小之分，也没有贫富之分。梦想是让人坚持的动力，梦想是让人行走的力量。只要我们躬耕前行，坚持不懈，则未来可期，梦想成真！

【身边故事】

梅花香自苦寒来

"不经一番寒彻骨，怎得梅花扑鼻香。"不仅是梅花，少年的梦想也应如此。少年有梦，不应止于心动，更在于行动，不懈地追梦、圆梦才能改变我们的生活，改变自己的命运，改变国家的命运，让民族实现复兴，实现伟大的中国梦。为此，一座连接梦与现实的桥梁——努力，必不可少。

追梦的过程是艰辛的，有的人因为吃不了苦，坚持不到最后而放弃了，退出了梦想的舞台，输掉了整个人生。有的人，咬牙坚持，最终尝到了成功的甜蜜和喜悦，实现了自己的梦想。在我们的身边，常常有令人感动的人，他们的行为不仅影响着我们的人生观和价值观的形成，而且触及了我们的心灵深处。

她叫宋瑾怡，是东华门小学五年级的一名学生，因为早产造成脑瘫，使得她的四肢极不协调，说话也不是很清楚。从记事起，她就在全国各大医院来回奔波，接受各种康复训练。经过治疗，以及日复一日、年复一年的努力锻炼，她终于能够自己行走了，虽然走起来还是很吃力，很不协调。

随着年龄的增长，她渴望像其他健康的小朋友一样能够上学。妈妈找到了她现在就读的学校，在校长和老师的帮助下，她如愿上了学。

她非常珍惜这个难得的学习机会，无论刮风下雨，她从来都没有迟到过。为了不给别人添麻烦，她在学校里一天几乎不喝一口水，课间妈妈带她去上厕所，那短短的二十几米长的楼道，扶着墙边，她要二十多分钟才能走完。为了让自己行动快一些，每天放学后，她总是在妈妈的陪伴下练习走路。短短的一段距离，她要一步一挪，有时一走快便摔倒了，妈妈便在身后鼓励她站起来继续走。她从来不叫一声苦、一声累，只是尽自己最大的努力，让自己坚强、快乐起来。上课，她认真听讲，积极完成老师布置的各项作业；课间，她和同学交流古今中外的名人逸事，背诵古文经典片段。她是同学们的好伙伴。

　　回到家里，为了锻炼腰部力量，她每天要做 200 个仰卧起坐；为了提高腿部力量，每天还要做 200 个蹲起。这些是脑瘫患儿每天要做的基础训练之一，有时她也不想做，但妈妈总是让她把康复中心那些康复了的孩子当作榜样。于是，她继续咬紧牙关，坚持完成训练。现在除上厕所和捡掉在地上的东西要请求家人帮助外，其他的事情她都会尽量自己完成。在学习上，她面临的困难也比正常孩子多很多。因为面部和身体方向根本无法保持一致，所以她写的字零零散散、歪歪斜斜，写字的速度也很慢，别人花十分钟完成的作业，她要花一个多小时才能完成。但凭借自己不懈的努力，现在她的字写得不仅工整，而且还很美观，经常受到老师的表扬。

　　作为一名残疾人，她说："只要能和家人、同学们一起学习、生活，我就很开心。"因为她心中始终带着老师的教诲、父母的期望和自己的梦想，珍惜自己的生命，认真过好属于自己的每一天！在追梦的路上努力着……她相信自己的未来定能散发出傲骨的芬芳！

在春天里追梦

改革开放四十多年来，中国发生了翻天覆地的变化，改革开放的春风融化了坚冰，温暖了人心，中国的未来充满希望……

"很幸福，我能生长在这样一个伟大的新时代；很感恩，我能在春天里学习、追梦，做新时代的好少年。"这是六年级（3）班梁语宸同学在大队会上的发言，质朴、坚定！

在她的生命中，现阶段的理想是考入理想的重点中学，做一名德、智、体、美、劳全面发展的优秀学生。为了这个梦想，她刻苦、努力、自律、自强。从六岁起，她就开始弹钢琴、学书法、练舞蹈，虽然辛苦，但是她热爱，因为她的目标很明确，要成为多才多艺的佼佼者。随着年龄的增长，学业负担越来越重，妈妈为了让她能够考上重点初中，从三年级开始就带着她奔波于各种奥数班、英语班和阅读辅导班。她的双休日基本被课外学习所占用，但她从来不抱怨，总是按时起床，到点上课，认真上好每一节课，做好每一堂笔记。在老师眼中她是优秀的学员，在家长眼中她是听话的孩子，在同学眼中她是"学霸"。她获得的荣誉很多很多，但她仍然在努力着。她内心丰盈，活泼开朗，喜欢用弹钢琴来减压。

作为大队长，她对待学校大队部布置的工作一丝不苟，从不推脱。有一次，学校开展少先队建队就职仪式，辅导员给她布置了一项任务：需要她协助大队部将学校各中队推选出的队委信息统计出来。接到任务后，她没有因为学业负担重而推迟，而是在完成自己的作业后，利用休息的时间，整理到凌晨十二点，保质保量地完成了大队部交给的任务！事后，老师在和她妈妈闲聊时，得知了这件事。那晚，妈妈催她睡觉催了好几次，她就是倔强地不睡，说："因为我是大队长，必须起到表率作用，必须完成老师布置的任务！"正是这份坚持、这份执着，她被评为太原市"美德少年"！看着她笑靥如花，看着她满脸春风，大家都感受到了新时代好少年的坚定理想！

梦想让我们有了奋斗的方向，有了成长的目标，勇于追梦是我们的使命。少年当自强，少年有担当，榜样的力量让我们奋进，追梦的路上有你与我同行。

> ✿ 你有什么梦想呢？写下来，和你的小伙伴交流交流吧！

【成长启示】

朋友们，当你来到这个世界时，你已不是独立的个体，作为一名社会人，你有责任改变我们的社会，改变我们的国家，改变我们的世界，让它更加美好、更加和谐。也许有的同学在想，我只是一名普普通通的少年，没有那么大的本事。其实，作为学生，做好当下的事情——认真读书就是我们最大的本事。

在《为什么读书》这篇文章里有这样一段话："为什么要读书？因为眼睛到不了的地方，文字可以。因为我想找到我自己。找到从出生以来就在寻找的东西，理想、梦想、爱、自我。因为我想找到自己的'相信'和'不相信'，守护住我想守护的东西，改变我想改变的东西。"读书很苦，追梦很累，唯有坚持，我们才会成功！成长的路，各有千秋，能把弯路走直的人是聪明的，因为他找到了捷径；能把直路走弯的人是豁达的，因为可以多看几道风景。

朋友，请铭记，生活不是用来妥协的，你越是觉得自卑，生活让你喘息的时间就越少；日子不是将就的，你越是在意，那些幸福的东西便离你越远。时光在记忆中定格，梦想却永不止步。追梦的少年，命运给了你们最美的年华，请擦干汗水，忍住眼泪，张开怀抱，拥抱阳光。

不要抱怨命运的不公，当上天给你关闭一扇门时，必然会给你打开一扇窗。虽然故事中的主人公宋瑾怡同学身体残疾，但是她拥有爱她、关心她，十年如一日，背她上下学的爸爸妈妈！她拥有超出常人的画画天赋，她的绘画作品活灵活现、栩栩如生！她通过不懈的努力，找到了自信，拥有了梦想。成功永远青睐坚持梦想的人！

吃苦耐劳是中华民族的优良传统。不轻言放弃，吃得苦中苦，方为人上人。幸福永远不会从天而降，必须靠汗水获得，成功的路上只有坚持的人能够走到终点。只有坚定梦想，并为之努力奋斗，才能成功！

【精神传承】

梦想是人生的灯塔，是前行的方向。

曾经我们梦想着能够飞向太空，探索宇宙的奥秘，如今我们的"神舟"飞船实现了我们的太空梦；曾经我们梦想着打破空间与时间的阻隔，获取更多的信息，如今互联网将中国与世界紧密相连，开启了信息时代，实现了我们的信息梦；曾经我们梦想着能不再受帝国主义的压迫与剥削，成为独立的、民主的国家，如今中国已经是世界第二大经济体，综合国力显著上升，实现了我们的强国梦。

正是有了中国梦的推动，近几年来，在实现中华民族伟大复兴的路上，我们取得了一系列辉煌的成就。实现中华民族伟大复兴，是中华民族近代以来最伟大的梦想。国家之梦反映的是国民之梦，而个人之梦与国家之梦相辅相成、唇齿相依。

　　少年强则国强，作为祖国的未来，我们要敢于有梦、勇于追梦、勤于圆梦；要心怀梦想，树立远大的共产主义理想，以报效祖国、服务人民、奉献社会为远大的人生追求，脚踏实地，从身边小事做起，一点一滴积累，养成好思想、形成好品德，努力成长为新时代社会主义事业的合格建设者和可靠接班人。唯有广大青少年胸怀梦想，满怀激情，学好文化知识，把"少年梦"融入"中国梦"之中，才能为实现中国梦发挥生力军作用，才能用一个个五彩缤纷的少年梦托起中华民族伟大复兴的中国梦。

志存高远，扬帆远航

俞敏洪说过这样一句话："如果你内心只有草的种子，你就是草；如果你内心有树的种子，你必然会长成树。"志向是人生的北斗，是奋进的方向，影响着我们的人生格局与高度。高远的志向应当同家国情怀紧密地联系在一起。从孟子的"达则兼济天下"，到范仲淹的"先天下之忧而忧，后天下之乐而乐"，再到周恩来的"为中华之崛起而读书"，中华儿女从来就有胸怀天下的壮志。然而树立远大的理想只是迈向成功的第一步，如果没有脚踏实地、坚持不懈的努力，再伟大的志向也不过是"空中楼阁"。

【名人故事】

立志"改良祖国、拯救同胞"的孙中山

伟大的革命先行者孙中山先生，少年时被哥哥接到海外读书，中外社会鲜明的对比和现实差距给他留下了深刻的印

象。年少的孙中山产生了"改良祖国、拯救同胞"的愿望。在以后的岁月中，孙中山在海外边学习边探索救国救民的道路。1894 年，他在檀香山创立了中国最早的资产阶级革命团体"兴中会"，点燃了推翻腐朽的清朝政府的第一把火。为实现"改良祖国、拯救同胞"这一伟大的理想，孙中山领导资产阶级政党同封建王朝进行了不懈的斗争，最终创立了"中华民国"。孙中山以此特殊的贡献，成为 20 世纪中国三位巨人之一。

"天眼之父"南仁东的梦想与坚守

你听说过"天眼"吗？

它的大名叫"FAST"，是一架直径达 500 米的球面射电望远镜。与号称"地面最大的机器"的德国波恩 100 米口径望远镜相比，其灵敏度提高了约十倍；与阿波罗登月之前，被评为人类 20 世纪十大工程之首的美国阿雷西博 305 米口径望远镜相比，其综合性能提高了约十倍。这座全世界最大、最灵敏的单口径射电望远镜，被称为中国"天眼"。

它坐落于贵州省，具有我国自主知识产权。它对宇宙的深入探测有助于我们深入研究宇宙的起源和演化。

"天眼"作为一个大国重器，它的诞生得益于一位老人二十多年的执着坚守，这个人就是"天眼之父"——南仁东。

1945 年出生的南仁东，一生极富传奇色彩。他从清华大学无线电系毕业后，在吉林的一个无线电厂一干就是十年。改革开放后，他作为中国天文台的专家曾在国外著名大学当过客座教授，做过访问学者，还参加过"十国大射电望远镜计划"。这位驰骋于国际天文界的科学家得到了全球天文界的青睐，可就在他如此辉煌的时候，却做了一个惊人的决定。20世纪90年代中期，他毅然舍弃高薪，决定回国加入中国科学院北京天文台。而那时他一年的工资，仅仅相当于他在国外一天的工资。许多人都说他傻，可他自己心里明白，科学没有国界，但科学家有祖国。

1993年，在日本东京国际无线电科学联盟大会上，全世界发达国家的科学家们都希望在全球电波环境恶化到不可收拾之前，能建造出新一代的射电大望远镜以接收更多来自外太空的讯息。代表中国参会的南仁东激动地对身边的同事说："咱们也建一个吧。"就是这句话，开启了他长达二十三年仰望星空的浪漫"冒险"！

想制造射电大望远镜？那可需要数十亿元的经费，20世纪90年代的中国哪有这样的条件，何况核心技术遭封锁、关键材料需要攻关，就连建一个口径大一点的射电望远镜都是极其困难的事，可南仁东竟然想建一个直径500米，世界上独一无二的单口径射电望远镜！这在许多人眼中简直就是天方夜谭。

可南仁东不理会外界的质疑和嘲讽，与生俱来的那股子倔劲儿告诉他不能放弃，他咬着牙，再苦再难也要干。

在国际上，用钢结构建造的射电望远镜，口径突破 100 米已经是工程的极限。想建更大口径的望远镜，选址就是关键。为了找到最满意的地点，南仁东闷头钻进贵州的大山里。他拄着竹竿翻山越岭，亲自到现场去勘察，这个曾经深爱西服的海外归国科学家，变成了地地道道的中国农民。

FAST 工程台址勘察与开挖系统总工程师聂跃平，曾在公开演讲中谈到选址的艰苦：“贵州雨多，不小心踩滑一下，从几十米高的地方滚下去就完了，非常危险。”聂跃平滑下去过几次，幸得树木拦住，正值壮年的他，甚至有了打退堂鼓的想法。可南仁东从未想过放弃，他带着上千张卫星图穿行于茫茫大山之间，一找就是十余年。那些年，他几乎踏遍了当地所有的洼地，他爬的山路连那里的人们看了都摇头。

经过长达十二年的工程选址和对 1000 余个洼地综合比较，挑剔的南仁东最终相中了最圆的那个大坑——位于贵州平塘县的大窝凼。然后，他正式提出利用喀斯特地形建造大型射电望远镜的设想。

为了推动工程立项，南仁东每次向相关部门汇报项目，都至少提前一个小时到达会场。他担心因为一丁点儿意外而迟到。那段时间，经常需要写三五千字的项目介绍，而且要得很急。他就和同事一起在办公室，逐字逐句斟酌，常常弄到凌晨。连他的同事都觉得南仁东“努力得太过分了”。

正是在他坚持不懈的努力下，FAST 项目于 2007 年 7 月 10 日立项成功，2008 年 12 月 26 日奠基，2011 年 3 月 5 日正式开工建设，历时五年半。2016 年 9 月 25 日，FAST 项目正式落成启用。

从 1993 年萌生建造"天眼"的念头，到 2016 年"天眼"正式投入使用，南仁东用二十多年的执着坚守和不懈努力创造了中国天文史上的奇迹，开启了人类探索宇宙奥秘的新篇章。

当这只在贵州的群山之间凝视着宇宙的"天眼"，开始追寻宇宙最遥远的过去，搜索地外文明踪迹的时候，南仁东却倒下了，他没能等到自己的望远镜出成果的那天。

放弃比国内工资高三百倍的工作，用二十多年的时间完成一件事，在南仁东身上你看到了什么？一个人应当树立怎样的志向才算不枉此生？在荆棘遍布的追梦路上，我们应当如何坚守初心、不断奋进呢？南仁东留给世界的不仅仅是对话宇宙苍穹的"天眼"，更有许多值得思考的问题……

▲ 图为 FAST 近景

【成长启示】

"人最宝贵的东西是生命。生命对于我们只有一次。一个人的生命应当这样度过：当他回首往事的时候，他不因虚度年华而悔恨，也不因碌碌无为而羞愧——这样，在临死的时候，他能够说：'我整个的生命和全部精力，都已献给世界上最壮丽的事业——为人类的解放而斗争。'"

这是名著《钢铁是怎样炼成的》中的主人公保尔·柯察金对生命价值的思考。轻轻咀嚼这段话，我相信你一定会感到有种力量在叩击着你的灵魂。

是啊，人最宝贵的东西莫过于生命，如何利用好这一生，不让自己的生命因虚度光阴或碌碌无为而留有遗憾和悔恨呢？我想应该从立志开始，所谓"志不立，天下无可成之事"，讲的就是这个道理。

人如果没有志向，就可能失去生活信心，干什么都打不起精神来，最终会一事无成。人要想有所作为，必须要有志向，然后知难而进，不懈奋斗，满怀信心地坚持下去。

那么，我们应该树立怎样的志向呢？

有这么一则故事：

有人曾问三个砌砖的工人："你们在做什么？"第一个说："砌砖。"第二个说："赚钱。"第三个说："建造世界上最富特色的房子。"后来，前两个人还是普普通通的砌砖工人，而第三个人却成了著名的建筑师。

这个故事中的对话虽然简单，但内涵丰富、寓意深刻，不禁让人想起了诸葛亮的一句至理名言，"志当存高远"。

第一个工人立志太低，简直可以说是无志。建筑工人只为"砌砖"而砌砖，心中无既定目标，当一天和尚撞一天钟，怎会建成漂亮的房子？

第二个工人立志也不高，建房只为"赚钱"，未免偷工减料，敷衍塞责，更不能建成像样的房子！

常言说："立大志者，得中志；立中志者，得小志；立小志者，不得志。"前两个工人的立志都这么小，难怪他们到头来还是普普通通的工人。

第三个工人就不同了，他有明确的奋斗目标，立志要建造世界上最富特色的房子，追求特色，追求完美。这样的人怎能不成为著名的建筑师？

无志者，万事空；有志者，事竟成。青少年时期，是我们学习、立志的黄金阶段。第三个工人尚能立志成为建筑师，我们何尝不能立下远大志向，不畏劳苦，发奋学习，勇于登攀，成为新时代的可靠接班人呢？

【精神传承】

"志向"是一个崇高的字眼，它犹如浩瀚海洋中的灯塔，为我们指明前进的方向。从古至今，有不少先辈从小树立了远大的志向，从而成为伟大的人。

毛泽东在青少年时期就立志救国，献身革命。他在中学读书的时候，同学就称他"身无分文，心忧天下"。当时条件非常艰苦，但他从不顾及这些，经常和朋友互相勉励："读书要有理想，要有'以天下为己任'的雄心壮志。"于是，经过不懈奋斗，他终于成为一代伟人。

周恩来在少年时代就立下了"为中华之崛起而读书"的远大志向，这个志向鼓舞他为无产阶级革命事业作出了巨大贡献。

习近平在年仅十五岁的时候，便来到陕北的梁家河，开始了他的"下乡"生活。七年艰苦的知青岁月没有挫败青年习近平的意志，反而帮助他找到了人生奋斗的方向——要为人民办实事。

立远大之志不是说我们必须要做出多么惊天动地的大事来，不是指一个人要出多大名、获多少利，而是指我们能否将自己的志向同国家、同人民、同社会紧密联系在一起。一个人，不论他树立怎样的志向，只要是同国家的前途、民族的命运相结合，它就有价值；只要同社会的需要和人民的利益相一致，它就有意义。

青年是祖国的未来、民族的希望。习近平总书记曾以不同的形式多次寄语青年要志存高远。2016 年 4 月，习近平总书记在知识分子、劳动模范、青年代表座谈会上强调，实现中华民族伟大复兴的中国梦，需要一代又一代有志青年接续奋斗。广大青年要以国家富强、人民幸福为己任，胸怀理想、志存高远，投身中国特色社会主义伟大实践，并为之终生奋斗。

中国的未来，掌握在每个中国人的手中，但终究是掌握在每个青年人的手中。青年人的志向应自觉融入中华民族伟大复兴的中国梦中去，不断锤炼自己、提高自己，做到志存高远、德才并重、情理兼修、勇于开拓，在火热的青春中放飞人生的梦想。

当然，树立远大志向只是迈向成功人生的第一步。

古语有云："不积跬步，无以至千里；不积小流，无以成江海。"意思就是千里之路，要靠双脚一步步地走出来；汪洋大海，要靠涓涓细流一点点地汇聚而成。远大的志向就像这"千里之路""汪洋大海"，只有一步步脚踏实地地努力奋斗，才能使之成为现实。

还记得故事中的主人公南仁东老人吗？从萌生为祖国建造"天眼"的念头，到"天眼"正式投入使用，这位老人用了二十多年的时间来实现他的鸿鹄之志。二十多年，那是近八千个日日夜夜啊！这期间，他没有一天不在为自己心中的理想而努力奋斗。

"宝剑锋从磨砺出，梅花香自苦寒来。"一个人要想有所作为，必须要有吃苦奋斗的决心。大书法家王羲之能成为"书圣"，除了有过人的天赋之外，更离不开他后天的勤奋努力。据说他小时候练字特别刻苦，用坏的毛笔堆在一起成了一座小山，人们叫它"笔山"；他家旁边有一个小水池，他常在这水池里洗毛笔和砚台，后来小水池的水都变黑了，人们就把这个小水池叫作"墨池"。还有闻鸡起舞的祖逖、凿壁借光的匡衡、囊萤映雪的车胤、悬梁刺股的苏秦……他们都通过勤奋努力成就了一番事业。

在奋斗的路上，我们除了要努力之外，还要做好经历风雨的准备。奋斗的历程从来都不是一帆风顺的，遭遇挫折、经历失败可以说是取得成功的必经之路。这个时候，就要有"坚刚不可夺其志"的精神，就要有"咬定青山不放松，任尔东西南北风"的执着。曹雪芹写《红楼梦》用了十年，司马迁编《史记》用了十八年，李时珍著《本草纲目》用了二十七年。从这些数字中你读出了什么？还有《西游记》的故事，我们再熟悉不过了吧。唐僧师徒四人，一路斩妖除魔，历经九九八十一难才取得真经。我国第一位获得诺贝尔医学奖的中国本土科学家屠呦呦，能从中草药中分离出青蒿素，帮助人类逃离疟疾的魔掌，是因为她能够在经历了成百上千次的失败后，仍然有从头再来的勇气。

同学们，远大志向的实现不是一帆风顺的，它是一个长期的、艰巨的、曲折的过程。而且志向越高远，它的实现过程就越复杂，需要的时间就越长。因此，我们必须要做好充分的思想准备，将远大志向同努力奋斗和执着追求完美结合，坚定信念，脚踏实地，才有可能到达成功的彼岸。"千里之行，始于足下"，让我们系好人生第一粒扣子，从现在开始，从身边的小事做起，不畏艰难，不怕曲折，勇担复兴大任，让青春在新时代、新征程中焕发出绚丽的光彩！

志存高远正当时，扬帆远航向未来！